J. Heuwes

Schöninghs Ausgaben deutscher Klassiker

Neunzehnter Band.: Ausgewählte Balladen Goethes und Schillers

J. Heuwes

Schöninghs Ausgaben deutscher Klassiker
Neunzehnter Band.: Ausgewählte Balladen Goethes und Schillers

ISBN/EAN: 9783743678378

Hergestellt in Europa, USA, Kanada, Australien, Japan

Cover: Foto ©Andreas Hilbeck / pixelio.de

Weitere Bücher finden Sie auf **www.hansebooks.com**

Schöninghs
Ausgaben deutscher Klassiker

mit ausführlichen Erläuterungen.

19. Band:

Ausgewählte Balladen Goethes und Schillers.

Mit Erläuterungen von

Dr. J. Heuwes.

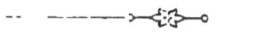

Paderborn.
Druck und Verlag von Ferdinand Schöningh.
1899.

Ausgewählte Balladen Goethes und Schillers.

Mit ausführlichen Erläuterungen

für den

Schulgebrauch und das Privatstudium

von

Dr. J. Heuwes,
Oberlehrer am Gymnasium zu Warendorf.

Zweite Auflage.

Paderborn.
Druck und Verlag von Ferdinand Schöningh.
1899.

Über „Ballade" und „Romanze" bei Goethe und Schiller.

Schiller schreibt an Goethe von Jena aus unterm 2. Mai 1797 (Briefw. Nr. 306): „... Wenn Sie mir den Text vom Don Juan auf einige Tage schicken wollten, werden Sie mir einen Gefallen erweisen. Ich habe die Idee, eine Ballade daraus zu machen, und da ich das Märchen nur vom Hörensagen kenne, so möchte ich doch wissen, wie es behandelt ist." Goethe antwortete (Briefw. Nr. 308): „Auch schicke ich ... den verlangten Don Juan. Der Gedanke, eine Romanze aus diesem zu machen, ist sehr glücklich. Die allgemein bekannte Fabel, durch eine poetische Behandlung, wie sie Ihnen zu Gebote steht, in ein neues Licht gestellt, wird guten Effekt machen." Also, so schließt Borberger mit Recht, gebrauchten die beiden Dichter die Ausdrücke „Ballade" und „Romanze" ganz gleichwertig, und damit ist jede Erörterung über die Verschiedenheit der beiden Gattungen, wenigstens was Schillers und Goethes erzählende Dichtungen betrifft, völlig müßig und gegenstandslos.

I. Ausgewählte Balladen Goethes.

> „Märchen, noch so wunderbar,
> Dichterkünste machen's wahr."
> Goethe.

In Goethes Balladendichtung lassen sich drei Perioden unterscheiden:

1. In die erste Periode fallen die Balladen, die stofflich „dem Dichter ans Herz gewachsen und auch aus dem Herzen gewachsen" sind; darum lassen sie das lyrische Element überwiegen, lassen die Handlung in der Stimmung aufgehen, verstehen es, durch frische Natürlichkeit den alten Volkston zu treffen und so mit einer wunderbaren Einfachheit und Anschaulichkeit das Geheimnisvolle im Natur- und Seelenleben zu schildern. Ein besonderes Kennzeichen dieser Periode ist die knappe, lebhaft bewegte, oft springende, nur das Wesentliche andeutende Darstellung, die ihrer unmittelbaren Wirkung auf das Gemüt sicher ist. Der König in Thule, Der Fischer, Erlkönig, Der Sänger fallen in diese Periode.

2. Der zweiten Periode gehören die Balladen an, deren Stoff von außen an den Dichter herantrat, mochte nun ein glücklicher Zufall oder gelehrte Forschung dabei im Spiele sein. Im poetischen Wettstreite mit Schiller entstanden, tragen sie insofern noch Spuren Schillerschen Einflusses an sich, als sie darauf ausgehen, durch eine kunstvolle Behandlung des Stoffes die klare Entwickelung einer Idee zu erreichen, dem Anekdotenhaften durch sinnig weise Lehren einen erhöhten Gehalt zu verleihen. Dabei lag es allerdings nahe, in eine gewisse Nüchternheit und Gezwungenheit der Darstellung zu verfallen, eine Gefahr, die der Dichter nicht immer völlig überwunden hat. Zu den Balladen der zweiten Periode sind zu rechnen: Der Schatzgräber, Der Zauberlehrling, Das Blümlein Wunderschön und das Hochzeitlied; letzteres aber zeigt schon Anklänge an die Balladen der dritten Periode.

3. Den Balladen der dritten Periode fehlt der erquickende poetische Duft, „die geniale Natürlichkeit der ersten und die alles Einzelne beherrschende Kunstgewalt der zweiten Periode"; der Darstellung gebricht es zuweilen an Klarheit, und der Ausdruck ist nicht frei von gekünstelten Wendungen, die auf eine sinkende Dichterkraft schließen lassen. Der getreue Eckart und Der Totentanz sind in dieser Periode entstanden.

1. Der König in Thule.

Es war ein König in Thule,
Gar treu bis an das Grab,
Dem sterbend seine Buhle
Einen goldnen Becher gab.

5   Es ging ihm nichts darüber,
Er leert' ihn jeden Schmaus;
Die Augen gingen ihm über,
So oft er trank daraus.

Der König in Thule. Im Faust (I, 2406 ff.) Lied Gretchens. Nach Schröer im März 1774 entstanden; nach Düntzer, der die Angabe Goethes (D. u. W. 14. B.), daß er die Ballade im Juni 1774 in Köln Fr. Jacobi vorgetragen habe, für irrig erklärt, erst im „Spätherbste 1775 zum Faust" gedichtet; 1782 zuerst gedruckt. „In der einfachsten, schlichtesten Sprache wird uns hier die Scene vorgeführt, aber mit einer Klarheit und Anschaulichkeit, daß man alles mit leiblichen Augen zu sehen glaubt. Das Gedicht ist von inniger Herzlichkeit durchwärmt, und doch sticht nirgends ein sentimentaler Zug hervor; vielmehr trägt es in seiner naiven Haltung ganz das Gepräge der Volkslieder" (Viehoff). Die würdevolle, gemessene Bewegung der Verse, der tief ernste, fast düstere Ton der Darstellung, die vollen, dumpfen Klänge, die besonders in den ausdrucksvollen Reimworten mit Macht zur Geltung kommen, passen ganz und gar zu der eigentümlichen Beleuchtung, worin uns die Bilder der dem Orte und der Zeit nach entlegenen Handlung vorgeführt werden, und tragen dazu bei, daß der dem Gedichte zu Grunde liegende Gedanke von der den Tod überdauernden Kraft wahrer Liebe und Treue uns mächtig zu Herzen spricht. **1—4:** Der Gattin Liebespfand. **1.** Thule] fabelhaftes Eiland an der äußersten Nordwestgrenze Europas („ultima Thule' bei Vergil, Georg. I, 30), angeblich 6 Tagefahrten von Britannien; nach Müllenhoff die Shetlandsinseln (nicht Island). **3.** Buhle] hier, wie in der Sprache des echten Volksliedes allgemein, in der edleren Bedeutung: Geliebte, (Gatte) Gattin. **4.** Becher] erscheint auch im Volksliede als Sinnbild inniger, treuer Vereinigung zwischen Ehegatten. — gab] einst gegeben hatte. **5—24:** Des Königs Liebestreue in nie verlöschendem Gedenken bis an den Tod. **6.** jeden Schmaus] bei jedem Schmause. **7.** gingen ihm über] flossen ihm über von den Thränen wehmütiger Erinnerung. Vgl. Luther bei Joh. 11, 35.

  Und als er kam zu sterben,
10 Zählt' er seine Städt' im Reich,
  Gönnt' alles seinen Erben,
  Den Becher nicht zugleich.

  Er saß beim Königsmahle,
  Die Ritter um ihn her,
15 Auf hohem Vätersaale
  Dort auf dem Schloß am Meer.

  Dort stand der alte Zecher,
  Trank letzte Lebensglut
  Und warf den heil'gen Becher
20 Hinunter in die Flut.

  Er sah ihn stürzen, trinken
  Und sinken tief ins Meer.
  Die Augen thäten ihm sinken;
  Trank nie einen Tropfen mehr.

---

9. Vgl. frz.: Lorsqu'il vint à mourir; ostfries.: as he to starven quamm. In der ältesten Fassung: Und als es kam zum Sterben. 10. Die älteste LA.: „Zählt' er sein' Städt' und Reich'" ist bezeichnender für seine Macht. 11. seinen Erben] ist die urspr. LA. und mit Rücksicht auf V. 10 dem Singular: „seinem E." vorzuziehen. 17. stand] Die dem „stand" vorausgehende Bewegung wird nicht erwähnt. — Zecher] Grundbedeutung von „Zeche" ist „Reihenfolge", „Ordnung"; „Zecher" ist derjenige, der in regelmäßiger Folge etwas thut („umzechig = umschichtig). Das Wort „Zecher" bezeichnet hier den König nur als den, der jetzt aus demselben Becher trinkt, aus dem er oft getrunken. 18. Lebensglut] mit dem feurigen Weine; diese „Lebensglut" facht auch die Erinnerung zu neuer Kraft und Lebendigkeit an. 19. heil'gen] den als letztes Vermächtnis über alles wert gehaltenen. 21 f. Die drei Verba malen das sehnsuchtsvolle, träumerische Nachschauen bis zum Verschwinden des Bechers. — trinken] sich mit Wasser füllen; „trinken... sinken" ausdrucksvoller Binnenreim. 23 f. sinken] chiastisch zu „sinken" im vorigen V. — thäten] volkstümlich umschreibend; nicht Konj., sondern Indik. Präteriti, als Plural gebildet zu dem mhd. Sing. Indik. Präteriti, der in der 1. (u. 3.) Pers. tete (tet) lautet; vgl. Schiller, Wall. Lag. 11, 160. 24. Vgl. den Schluß des Studentenliedes: „Es hatten drei Gesellen."

2. Der Fischer.

Das Wasser rauscht', das Wasser schwoll,
Ein Fischer saß daran,
Sah nach dem Angel ruhevoll,
Kühl bis ans Herz hinan.
5 Und wie er sitzt und wie er lauscht,
Teilt sich die Flut empor;
Aus dem bewegten Wasser rauscht
Ein feuchtes Weib hervor.

Der Fischer. Entstehungszeit nicht sicher, vermutlich 1778; 1779 zuerst gedruckt. Der Dichter will den bestrickenden Zauber, den verlockenden Reiz, die überwältigende Macht, die die plätschernden Fluten auf die Sinne des Menschen ausüben, zur Darstellung bringen. Das Rinnen und Murmeln, das Herankommen und Zurücksinken des feuchtverklärten Elementes umschmeichelt die Seele; sie ahnt in den verborgenen Tiefen, über denen der Himmel, das eigene Angesicht wiederscheinend schwimmt, eine unbekannte Herrlichkeit, Kühlung jeder brennenden Wunde; der dunkle Zug danach wird zur Person, zur anmutigen, liebreizenden Nixe, die zarte, schöne Jünglinge mit verlockenden Worten oder sinnbethörenden Liedern zu sich in die Tiefe zieht (vgl. Schiller, Tell I, 1, 1 ff.; A. v. Droste, Kinder am Ufer). — Die fließende Weichheit und der reiche Wohllaut der Sprache, die aphoristische Kürze, die passend gewählten bildlichen Ausdrücke, der malerische Rhythmus, die zur Veranschaulichung von Parallelismen und von Gegensätzen geschickt angewandten Vershalbierungen: alles dieses versetzt Gemüt und Phantasie unmittelbar und ungezwungen in diejenige ahnungsvolle Stimmung, die geeignet ist, eine wunderbare, unserm Bewußtsein entfremdete Welt lebendig zu erfassen, und zwingt uns, Zustände zu durchleben, die keine reale Wahrheit für uns haben. **1—8: Die Nixe taucht empor vor dem am kühlen Wasser angelnden Fischer.** 1. Wasser] Vgl. „Meer" V. 18. — schwoll] Es ist die Zeit der Flut. 3. dem Angel] das Maskul. bis zu Goethes Zeit vorherrschend; vgl. Schiller, Picc. V, 1, 117. 4. Geflügeltes Wort. — kühl] im eigentlichen Sinne, sofern vom Wasser eine liebliche Kühlung zunächst auf den „nackten Fuß" — V. 26 — und von da „bis ans Herz hinan" ausströmt, und zugleich im übertragenen Sinne (als Steigerung zu „ruhevoll"). 5. lauscht] „Lauschen" in der älteren und in der poetischen Sprache der Neueren: feindlich auf jdn. lauern; vgl. Schiller, Tell I, 4, 45. 6. Teilt sich ... empor] hebt sich über dem Haupte der emportauchenden Nixe und zerteilt sich dann beim Erscheinen dieser an der Oberfläche.

Sie sang zu ihm, sie sprach zu ihm
10 „Was lockst du meine Brut
Mit Menschenwitz und Menschenlist
Hinauf in Todesglut?
Ach, wüßtest du, wie's Fischlein ist
So wohlig auf dem Grund,
15 Du stiegst herunter, wie du bist,
Und würdest erst gesund.

Labt sich die liebe Sonne nicht,
Der Mond sich nicht im Meer?
Kehrt wellenatmend ihr Gesicht
20 Nicht doppelt schöner her?
Lockt dich der tiefe Himmel nicht,
Das feuchtverklärte Blau?
Lockt dich dein eigen Angesicht
Nicht her in ew'gen Tau?"

9—24: Der Nixe Zaubergesang, ihre Rede und die Anmut ihres Wesens erwecken und nähren die Sehnsucht des Fischers.   10. meine Brut] meine Pfleglinge, Schützlinge.   11. Menschenwitz] eig.: menschliche Klugheit, Erfindungsgabe, hier bezogen auf die vom „Menschenwitze" erfundene Angel; „Menschenlist" deutet die schlaue, auf das Verderben der Fische gerichtete Handhabung derselben an. (V. 11 reimt nicht mit V. 9, sondern mit V. 13 u. 15.) 12. Todesglut] Gemeint ist die warme atmosphärische Luft, die das Leben der Fische zerstört; vgl. Homer, Od. 22, 386 ff.: „Nun liegen sie [die Fische], lechzend Nach den Fluten des Meeres, im dürren Sande verbreitet, Und die sengende Hitze der Sonne raubet ihr Leben." 13 ff. Vom leichten Tadel zur sanften Lockung übergehend; der Übergang ist vermittelt durch den Gegensatz der „Todesglut" zu der prächtigen Wohnung in der ewigen Frische. — Fischlein] Dativ Sing. — wohlig] vom Substantiv „das Wohl": wonnig und behaglich.   15. wie du bist] unverzüglich und unbedenklich.   16. erst gesund] erst wahrhaft gesund, d. h. was dir jetzt als Gesundheit vorkommt, ist im Vergleiche zu der, die du dort unten zu erwarten hast, gar nicht Gesundheit, sondern eher Krankheit zu nennen. 17 ff. Beweis des in V. 16 ausgesprochenen Satzes.   19. Kehrt... her] kehrt zurück. — wellenatmend] Sonne und Mond steigen gleichsam vom Firmamente hinunter in die kühlen, erquickenden Wellen; dort gewinnt ihr Antlitz (durch das muntere Spiel der Wellen an der Oberfläche) ein eigentümliches Leben, es gerät in fortwährende Bewegung, scheint Wellen zu atmen und aus ihnen Frische, Kraft und Schönheit zu schlürfen; schöner also kommt das Bild aus den Fluten als von der Höhe.   22. feuchtverklärte] durch den feuchten Spiegel von jeder Trübung befreit, zur reinsten Schönheit verklärt.   24. in ew'gen Tau] in dieses ewige

25 Das Wasser rauscht', das Wasser schwoll,   2—3
Netzt' ihm den nackten Fuß;
Sein Herz wuchs ihm so sehnsuchtsvoll
Wie bei der Liebsten Gruß.

Sie sprach zu ihm, sie sang zu ihm;
30 Da war's um ihn geschehn:
Halb zog sie ihn, halb sank er hin,
Und ward nicht mehr gesehn.

3. Erlkönig.   3

Wer reitet so spät durch Nacht und Wind?
Es ist der Vater mit seinem Kind;
Er hat den Knaben wohl in dem Arm,
Er faßt ihn sicher, er hält ihn warm.

Erfrischungsbad. Durch diese Bezeichnung sucht die Nixe dem feuchten Elemente jede Schrecken erregende Vorstellung zu nehmen. **25—32**: **Des Fischers Untergang.** **27 f.** Leise Hinweisung auf den Zauber ihrer Persönlichkeit (ihre Schönheit). — wuchs ... so sehnsuchtsvoll] Die Sehnsucht seines Herzens steigerte sich ins Ungemessene. **29.** Hier wird mehr das Singen, V. 9 mehr das Sprechen hervorgehoben; daher die Abweichung. **31.** Er folgte willenlos und widerstandslos der sanften Gewalt der Nixe und dem Zuge seines eigenen Herzens. **32.** Volkstümliche Wendung: er war auf immer der Licht= und Tageswelt entrückt; sie ist zurückzuführen auf 1. Mos. 5, 24, wo es von Henoch heißt: „Und er wandelte mit Gott und ward nicht mehr gesehen." Vgl. Schiller, Br. v. Mess. I, 7 (717).

Erlkönig. 1782 zuerst gedruckt als Anfang des Singspieles „die 3 Fischerin". — Was man gewöhnlich über die Veranlassung und Entstehung des Liedes erzählt (vgl. Anhang), kann auf Glaubhaftigkeit keinen Anspruch machen; fest steht nur so viel, daß der Dichter die erste Anregung zum „Erlk." durch die in den Herderschen „Stimmen der Völker" in Übersetzung mitgeteilte altdänische Ballade „Erlkönigs Tochter" erhielt. Von Herder entlehnte er auch — allerdings irrigerweise — den Namen „Erlkönig"; denn jener hatte das dänische ellerkonge d. i. elverkonge = Elb(en)könig fälschlich durch „Erlkönig" übersetzt und somit den Namen mit dem Baume „Erle" in Verbindung gebracht. Als König der Elfen (reinneuhochdeutsch: Elben) gilt Oberon: die Elfen selbst sind kleine, mit übernatürlichen Kräften begabte Wesen von menschlicher Gestalt; sie suchen die Waldeinsamkeit auf und wohnen gern in Bergen versteckt (vgl. Goethes Lyr. Nr. 17). Die zarten, Musik, Tanz und Fröhlichkeit liebenden Lichtelfen sind von wunderbarer Schönheit; sie scheuen zwar das Tageslicht nicht, meist aber führen sie ihre Reigen in schönen Mondscheinnächten auf Wiesengründen auf; dem Menschen sind sie hilfreich und wohlgeneigt; nur wenn dieser

3 5   „Mein Sohn, was birgst du so bang dein Gesicht?" —
       „"Siehst, Vater, du den Erlkönig nicht?
       Den Erlenkönig mit Kron' und Schweif?"" —
       „Mein Sohn, es ist ein Nebelstreif." —
       ‚Du liebes Kind, komm, geh mit mir!
   10 Gar schöne Spiele spiel' ich mit dir;
       Manch bunte Blumen sind an dem Strand,
       Meine Mutter hat manch gülden Gewand.' —
       „"Mein Vater, mein Vater, und hörest du nicht,
       Was Erlenkönig mir leise verspricht?"" --

auf ihre Wünsche nicht eingeht, schlägt ihre Gutmütigkeit oft in Grausamkeit um. Die mißgestalteten, häufig verwachsenen Schwarzelfen haben lange Nasen, kahle oder struppige Köpfe, große Bäuche und spindeldürre Beine; auch sie sind von Natur mehr mutwillig als bösartig; falls sie aber gereizt werden, zeigen sie sich als heimtückische, grausame, rachsüchtige Dämonen, die die Menschen bethören und schädigen und besonders gerne die schönen Kinder (vgl. V. 17) jener gegen ihre eigenen häßlichen Sprößlinge austauschen. — Welch überwältigenden Einfluß nun die in der düsteren Nacht und in der Einsamkeit der Natur sich aufdrängenden abergläubischen Vorstellungen von den gespenstischen Elfen auf den noch unentwickelten, von der Einbildungskraft völlig beherrschten Geist des Kindes ausüben können, stellt unsere Ballade dar; vgl. A. v. Droste, Der Knabe im Moor. Dieser Einfluß ist so groß, daß schließlich selbst der Vater, der anfangs mit nüchternem Verstande gegen die Wahn- und Truggebilde seines Lieblings ankämpft, in die Angst mit hereingezogen wird. Die klare, durchsichtige Gliederung, die dramatische Form der Entwickelung, die die Teilnahme erhöhenden Steigerungen und Gegensätze, der mit der Situation und Stimmung sich deckende schlichte Satzbau (fast nur Hauptsätze!) und die unvergleichlich schöne Lautmalerei: alle diese formalen Vorzüge sichern in ihrer einheitlichen Gesamtwirkung dem hochpoetischen Inhalte die denkbar höchste Wirkung. **1—4:** Des Vaters nächtlicher Ritt mit dem Kinde (gleichsam die Exposition des Ganzen). **1.** Nacht und Wind] windige Spätherbstnacht; vgl. V. 16. **3.** wohl] Adverb von „gut", vgl. 4, 40; hier: fürsorglich, behutsam. **5—28:** Die steigende Angst des Kindes, das den Erlkönig erst schaut, dann hört und schließlich seine Hand fühlt. **6.** Siehst ... nicht] aus der Ferne heranschweben? **7.** Die Krone auf seinem Haupte ist ein Sinnbild seiner Macht; der „Schweif" ist zu verstehen vom langhinwallenden Mantel; denn „Schweif" bedeutete früher s. v. w. „Schleppe"; so sagt Goethe: „Mit der Rechten trug der Abbé den Schweif seines Mantels." **9 ff.** In dem Vorherrschen des i spricht sich das Lockende, Verführerische aus (vgl. V. 17, 20, 25 f), in den dumpfen Vokalen a und u liegt etwas von ausdrücklicher, entschiedener Versicherung; vgl. V. 15 u. 23 f. u. 2te Hälfte des V. 26. **13.** und] läßt den vorhergehenden

15 „Sei ruhig, bleibe ruhig, mein Kind!
In dürren Blättern säuselt der Wind." —

‚Willst, feiner Knabe, du mit mir gehn?
Meine Töchter sollen dich warten schön;
Meine Töchter führen den nächtlichen Reihn
20 Und wiegen und tanzen und singen dich ein.' —

„„Mein Vater, mein Vater, und siehst du nicht dort
Erlkönigs Töchter am düstern Ort?"" —
„Mein Sohn, mein Sohn, ich seh' es genau:
Es scheinen die alten Weiden so grau." —

25 ‚Ich liebe dich, mich reizt deine schöne Gestalt;
Und bist du nicht willig, so brauch' ich Gewalt.' —
„„Mein Vater, mein Vater, jetzt faßt er mich an!
Erlkönig hat mir ein Leids gethan!"" —

Dem Vater grauset's, er reitet geschwind;
30 Er hält in Armen das ächzende Kind,
Erreicht den Hof mit Mühe und Not.
In seinen Armen das Kind war tot.

Vokativ als Stellvertreter eines ganzen Satzes (Vater, hilf mir! Hörest du denn nicht . . .) erscheinen; vgl. V. 21.   **18.** dich warten] In der Bedeutung „achthaben, hüten, pflegen" hat „warten" ursprünglich den Genitiv.   **19.** Vgl. Goethes Lyr. 17, 1 ff.   **20.** Wirksame Polysyndese; vgl. Goethe, ebd. 9 f.: „Und wandeln und singen Und tanzen einen Traum."   **24.** alten Weiden] gespensterhaft gestalteten Weidenstümpfe.   **25.** Die 3 Senkungen vor „reizt" sind zweifellos beabsichtigt.   **27.** Heller Aufschrei in der fürchterlichen Todesangst.   **28.** Langsam, mit stockendem Atem gesprochen unter besonderer Betonung des „Leids": bei dem dumpf hervorgestoßenen „gethan" bricht die Sprache jäh ab, und die Stimme geht in ein leises Röcheln („Ächzen") über. — ein Leids gethan] durch einen Schlag aufs Herz, der nicht sofort, sondern erst allmählich tötet; vgl. Herder, Erlk. Tochter: „Sie thät einen Schlag ihm auf das Herz, Noch nimmer fühlt' er solchen Schmerz." — Leids] partitiv. Genit., abh. von „ein"; vgl. Götz IV, 2, 170: „nur der Stadt kein Leids thun."   **29—32:** Des Kindes Tod (gleichsam die Katastrophe des Ganzen). — Des Vaters Schweigen, sein „Grausen", der beschleunigte Ritt, das ängstlichere Festhalten des Kindes muß dessen Angst aufs höchste steigern.   **30.** in] = in'n = in den.   **31.** mit Mühe] weil der rasche Ritt ihn sehr anstrengte, „mit Not" d. i. voll Besorgnis wegen des Kindes.   **32.** In seinen Armen das Kind (zwar noch war, aber es) war — tot. Der Vers erinnert in den Worten an den Schluß der dänischen Ballade: „Da lag Herr Oluf, und er war tot."

4. Der Sänger.

„Was hör' ich draußen vor dem Thor,
Was auf der Brücke schallen?
Laß den Gesang vor unserm Ohr
Im Saale wiederhallen!"
5 Der König sprach's, der Page lief;
Der Knabe kam, der König rief:
„Laßt mir herein den Alten!"

---

4   Der Sänger. Wahrscheinlich im November 1783 gedichtet, 1795 in „Wilh. Meisters Lehrjahren", wo die Ballade im 11. Kap. des 2. B. der jetzigen Bearbeitung steht, zuerst gedruckt und 1800 mit einigen Änderungen unter die „Balladen" aufgenommen. Im Romane singt die Ballade der alte Harfner; dieser selbst zeigt mit dem im Gedichte auftretenden „Sänger" manche Ähnlichkeiten: man lese nur, wie Goethe das Auftreten des Harfners schildert: „Die Gestalt des seltsamen Gastes setzte die ganze Gesellschaft in Erstaunen.... Sein kahler Scheitel war von wenig grauen Haaren umkränzt, große blaue Augen blickten sanft unter langen weißen Augenbrauen hervor. An eine wohlgebildete Nase schloß sich ein langer weißer Bart an, ohne die gefällige Lippe zu bedecken, und ein langes dunkelbraunes Gewand umhüllte den schlanken Körper vom Halse bis zu den Füßen; und so fing er auf der Harfe, die er vor sich genommen hatte, zu präludieren an." — Unser Gedicht führt uns in frischer, lebendiger Sprache mit wenigen, aber bezeichnenden Zügen ein anschauliches, eng umschriebenes Bild aus der Blütezeit des mittelalterlichen Rittertums (vgl. V. 17 f.; 23 f.) und Minnesanges vor (vgl. Schiller, Gr. v. Habsb.; Uhland, Sängers Fluch); zu jener Zeit zogen die Sänger, falls sie nicht in Diensten eines Herren standen und diesen auf seinen Reisen begleiteten, an den Höfen der Fürsten (Friedrichs II., Hermanns von Thüringen und der Babenberger) umher und fanden überall als gern gesehene Gäste liebevolle Aufnahme. In der Regel suchten sie natürlich aus ihrer Beschäftigung auch ihren Lebensunterhalt zu gewinnen und ließen sich deshalb gern mit Kleidern, Pferden und Geld beschenken. Jedoch der von ureigenem Feuer dichterischer Begeisterung glühende Sänger im Goetheschen Gedichte ist dermaßen für seine Kunst und deren Würde begeistert, daß er alle äußeren Glücksgüter und Ehren, die ihm nur als Fesseln edler Geistesfreiheit erscheinen, ausschlägt mit der Erklärung, in der freien Ausübung seiner Kunst, in der herzlichen, liebevollen Hingabe an seinen Beruf liege ein seliges Glück an sich, das des äußeren Erfolges weiter nicht bedürfe; Gesangeslust ist ihm Gesangeslohn. — Die lichtvolle Klarheit der Anlage, der mit epischer Ruhe sich vollziehende Fortschritt der Begebenheiten, die schlichte Natürlichkeit und die schlagende Kürze des Ausdrucks sind besondere Vorzüge des Gedichts. **1—7:** Der Sänger vor dem Königspalaste. **1** f. vor dem Thor] und zwar „auf der [Zug=]Brücke". **4.** im Saale] Dort giebt der König seinen Lehensleuten und ihren Damen ein Fest. **5** f. Page] Edelknabe (im Alter von 7—14 Jahren). — Knabe] urspr. LA.: „Page". — kam] zurück mit der

Der Sänger.

„Gegrüßet seid mir, edle Herrn,
Gegrüßt ihr, schöne Damen!
10 Welch reicher Himmel! Stern bei Stern!
Wer kennet ihre Namen?
Im Saal voll Pracht und Herrlichkeit
Schließt, Augen, euch! hier ist nicht Zeit,
Sich staunend zu ergötzen."

15 Der Sänger drückt' die Augen ein
Und schlug in vollen Tönen;
Die Ritter schauten mutig drein
Und in den Schoß die Schönen.
Der König, dem das Lied gefiel,
20 Ließ, ihn zu ehren für sein Spiel,
Eine goldne Kette holen.

„Die goldne Kette gieb mir nicht,
Die Kette gieb den Rittern,
Vor deren kühnem Angesicht
25 Der Feinde Lanzen splittern!

---

verlangten Auskunft. — rief] den Thürhütern zu; denn der Sänger steht jetzt vor der Thüre. **8—14: Sein Erscheinen im Saale.** 10. Stern bei Stern] Wie bei nächtlicher Himmelsklarheit „Stern bei Stern" erstrahlt, so erglänzen hier im Rittersaale überall kostbare Geschmeide und prächtige Gewänder, so prangt hier ein ritterlicher Held neben dem andern, ein Stern der Schönheit neben dem andern: denn hier sind die Sprossen der edelsten Geschlechter. 13 ff. Der Sänger sucht jede Zerstreuung des Geistes durch äußere Gegenstände möglichst zu verhindern, um sich so ganz und gar in den Inhalt seines Liedes versenken zu können. **15—21: Sein Lied.** 15. drückt' ... ein] Die Augen entsagen nur widerwillig dem Anblicke der Pracht. 16. schlug] fiel kräftig in die Saiten der Harfe; vgl. Uhland, Des Sängers Fluch. Allerdings wurde in der Regel die Geige (vidola, gige) zur Begleitung verwandt. — Der Dichter war zugleich Tonsetzer. — Vgl. 19, 51 f. 17 f Heldenmut und Minneglück müssen die Themen des Liedes gewesen sein. Vgl. 19, 36 f. **22—28: Ablehnung der goldenen Kette.** 22 ff. Die goldne Kette] „Golden" ist die Kette, weil der Geber als der Edelsten einer auch das edelste Materielle für das Edelste auf dem Gebiete des Idealen bieten muß. Die Kette an sich verschmäht der Sänger, weil sie fesselt und belastet, demnach ein Sinnbild der Gebundenheit und Abhängigkeit und zugleich ein Zeichen des schwer Drückenden und zur Erde Niederhaltenden ist: das Gold lehnt er ab, um anzudeuten, daß der „Priester der Musen" weder des äußeren Schmuckes bedarf noch für Geld und Geldeswert seine Kunst ausübt. 24 f. Vor] kann lokal und kausal verstanden werden; im letzteren Falle ist in „kühnem

4

Gieb sie dem Kanzler, den du hast,
Und laß ihn noch die goldne Last
Zu andern Lasten tragen!

„Ich singe, wie der Vogel singt,
30 Der in den Zweigen wohnet;
Das Lied, das aus der Kehle dringt,
Ist Lohn, der reichlich lohnet;
Doch, darf ich bitten, bitt' ich eins:
Laß mir den besten Becher Weins
35 In purem Golde reichen!"

Er setzt' ihn an, er trank ihn aus:
„O Trank voll süßer Labe!
O wohl dem hochbeglückten Haus,
Wo das ist kleine Gabe!
40 Ergeht's euch wohl, so denkt an mich,
Und danket Gott so warm, als ich
Für diesen Trunk euch danke!"

Angesicht" „kühn" als Hauptbegriff (= Kühnheit des Angesichtes) auf=
zufassen und „splittern" als dichterische Übertreibung (vgl. 6, 49 f.) an=
zusehen. **26.** den du hast] den du in deinem Dienste hast, dem du
gebietest. „Kanzler" urspr. der Sekretär des Fürsten, Vorsteher der fürst=
lichen Kanzlei, dann der oberste Rat des Fürsten, oft sein Stellvertreter,
der eigentliche sachmäßige Führer der Verwaltung und Regierung.
29—35: Seine Bitte um einen Becher Weins. **29 ff.** Vgl.
Homer, Od. 22, 347 f.: „Mich hat niemand gelehrt; ein Gott hat die
mancherlei Lieder Mir in die Seele gepflanzt." Chamisso: „Frei wie der
Vogel sei der deutsche Sänger, Ihm lohnt der Ton, der aus der Kehle
dringt." Herwegh: „Ich wohn' ein Vogel nur im Neste, Mein ganzer
Reichtum ist mein Lied." **34.** den besten B. W.] den Becher besten
Weines. „Das Blut der Traube" ist ihm das Symbol edler Geistesfreiheit
und ungehemmten Dichterschwunges; ein Trunk davon hat für ihn keinen
dauernden materiellen Wert, sondern erfrischt nur für den Augenblick
den Körper, stimmt Herz und Gemüt zur Freudigkeit und Lebenslust
und ermuntert so zu dichterischem Schaffen. **35.** In purem Golde]
Er wünscht den Wein aus goldenem Becher einerseits aus ästhetischen
Gründen, weil ihm, dem Meister der schönen Form, das Gefühl sagt,
daß die edelste Naturgabe in das edelste Gefäß gehöre, anderseits aus
berechtigtem Stolze, weil er als Sängergenie sich ebenso wie der König
seiner gottverliehenen Würde bewußt ist, insbesondere weiß, daß „beide",
Sänger und König, „auf der Menschheit Höhen wohnen" (Schiller,
Jungfr. v. O. I, 2, 31). **36—42:** Segenswunsch und Dank.
37. Labe] für Körper und Geist; vgl. Schiller, Siegesfest Str. 11.
41. danket] Gott, dem Geber alles Guten, für das Wohlergehen.

3. Der Schatzgräber.

Arm am Beutel, krank am Herzen,
Schleppt' ich meine langen Tage.
„Armut ist die größte Plage,
Reichtum ist das höchste Gut!"
5 Und zu enden meine Schmerzen,
Ging ich einen Schatz zu graben.
„Meine Seele sollst du haben!"
Schrieb ich hin mit eignem Blut.

Und so zog ich Kreis' um Kreise,
10 Stellte wunderbare Flammen,

Der Schatzgräber. Im Mai 1797 entstanden, 1798 zuerst gedruckt. — Angeregt wurde der Dichter zu dieser der zweiten Periode angehörigen Ballade durch eine Abbildung in der deutschen Übersetzung der Schrift Petrarcas: De remediis utriusque fortunae. Dort steht ein Knabe mit einer Licht ausstrahlenden Schale neben Beschwörern, Schatzgräbern und dem Satan. — Der Grundgedanke liegt am Ende des Gedichtes klar ausgesprochen; er lautet: Der wahre Zweck und somit auch das wahre Glück des menschlichen Lebens beruht nicht auf dem durch Ansammlung von Schätzen ermöglichten Genuß, sondern auf weiser Benutzung der natürlichen Kräfte, also auf vernünftiger, geregelter Thätigkeit und auf der durch freudige Erfüllung der Berufspflichten verdienten Ruhe. Dieser Gedanke lag Goethe damals nahe; er hatte demselben kurz vor Abfassung dieses Gedichtes auch (am 26. April 1797) in einem an seinen Freund und Zögling Friedr. v. Stein gerichteten Briefe Ausdruck gegeben mit den Worten: „Mein altes Symbol: Tempus divitiae meae, tempus ager meus wird mir immer wichtiger." Vgl. auch Tell III, 1, 24 f. **1—16:** Der Zauberer und sein Zauberkram. **1.** krank] und deswegen krank a. H. (mißmutig und unzufrieden). v. Loeper erinnert an Goethes Spruch: „Gesunder Mensch ohne Geld ist halb krank." **2.** Schleppt' ich] trug ich (wie eine mühselige Last) „voll Unmut und Verdruß". — langen Tage] „Gram macht zehn aus einer Stunde." Shakesp., Rich. II. I, 3. **3 f.** Armut] erg.: so rief ich aus. — „Nach Golde drängt, Am Golde hängt doch alles! Ach wir Armen!" Faust I. 2449. **5.** Schmerzen] Vgl. „krank" in V. 1. **7.** Angeredet. ist der böse Geist. **8.** mit eignem Blut] „Du unterzeichnest dich mit einem Tröpfchen Blut." Goethe, Faust I, 1384. Die Verschreibung mit Blut ist zurückzuführen auf uralte Vorstellungen, wonach Verträge, die mit Leib und Leben verbindlich machen sollten, mit Blut gesichert wurden; so gab es einen Bluteid bei den Scythen (Herod. 4, 70) wie auch bei den Germanen. **9.** Kreis' um Kreise] Die (aus altheidnischen Kultusgebräuchen gebliebenen) Zauberkreise wurden mit dem Schwerte gezogen, wie auch auf der Abbildung in der obenerwähnten Übersetzung zu sehen ist. **10.** wunderbare] wunderbar (durch das in das Feuer

5 Kraut und Knochenwerk zusammen:
Die Beschwörung war vollbracht.
Und auf die gelernte Weise
Grub ich nach dem alten Schatze
15 Auf dem angezeigten Platze;
Schwarz und stürmisch war die Nacht.

Und ich sah ein Licht von weiten,
Und es kam gleich einem Sterne
Hinten aus der fernsten Ferne,
20 Eben als es zwölfe schlug.
Und da galt kein Vorbereiten:
Heller ward's mit einem Male
Von dem Glanz der vollen Schale,
Die ein schöner Knabe trug.

25 Holde Augen sah ich blinken
Unter dichtem Blumenkranze:
In des Trankes Himmelsglanze
Trat er in den Kreis herein.
Und er hieß mich freundlich trinken;
30 Und ich dacht': „Es kann der Knabe
Mit der schönen, lichten Gabe
Wahrlich nicht der Böse sein."

„„Trinke Mut des reinen Lebens!
Dann verstehst du die Belehrung,

---

gestreute Räucherwerk) gefärbte.   11. Bestimmte Kräuter und Toten-
gebein gehören ins magische Feuer; vgl. Shaksp., Macb. IV, 1.   15.
angezeigten] wohl von der Wünschelrute.   16. Schwarz ... Nacht]
und ließ deswegen das Nahen des bösen Geistes erwarten; aber wer
erscheint? Der schöne Knabe, der Genius des Guten, also statt des
schwarzen Teufels ein lichter Engel, der Repräsentant der Lauterkeit
und Holdseligkeit des Kindergemütes.   17—40: Der Himmelsbote
und seine Lehre.   17. weiten] Dativ der Mehrzahl.   20. zwölfe]
„Die dumpfe Geisterstunde" beginnt gewöhnlich mit dem Glockenschlage
zwölf (vgl. 10, 1), seltner um elf, und dauert bis eins.   21. galt
kein war wertlos jede Vorbereitung auf die Erscheinung des Geistes;
vgl. 10, 37; denn plötzlich stand der Knabe vor mir.   27. Umstrahlt
und verklärt von dem aus dem Tranke strömenden himmlischen (über-
irdischen) Glanze.   28. Kreis] Vgl. V. 9.   33. Mut des ... Lebens]
Freudigkeit (vgl. die Verbindung „Lust und Mut"), die dem ...
Leben eigen ist. — reinen] treuer Pflichterfüllung gewidmeten.   34. die

35 Kommst mit ängstlicher Beschwörung
Nicht zurück an diesen Ort.
Grabe hier nicht mehr vergebens!
Tages Arbeit, abends Gäste!
Saure Wochen, frohe Feste!
40 Sei dein künftig Zauberwort.""

6. Der Zauberlehrling.

Hat der alte Hexenmeister
Sich doch einmal wegbegeben!
Und nun sollen seine Geister
Auch nach meinem Willen leben.

Belehrung] die du jetzt aus meinem Munde vernimmst. **35.** ängstlicher] weil sie mit banger Besorgnis vor den Einwirkungen des bösen Geistes unternommen wird. **38 f.** Geflügeltes Wort. Während des Tages arbeite, abends erhole dich im Kreise gleichgesinnter Freunde! **39.** Saure Wochen] Eine Reihe saurer Wochen (ermöglichen erst den rechten Genuß der Festfreude). **40.** Zauberwort] weil die Befolgung des Wortes dir den köstlichsten Schatz des Lebens, die Zufriedenheit, hervorzaubert und sichert.

Der Zauberlehrling. Im Sommer 1797 gedichtet, 1798 zuerst gedruckt, 1799 unter die „Balladen" aufgenommen. — Die Quelle ist Lucians Schrift „der Lügner" ($\varphi\iota\lambda o\psi\varepsilon\upsilon\delta\acute{\eta}\varsigma$ Kap. 33—36), die Goethe wohl aus der Übersetzung Wielands (1788) kennen gelernt hatte; vgl. Anhang. Während Lucian mit der Geschichte nur den Zweck verfolgt, ein Beispiel grober, abgeschmackter Aufschneiderei zu geben und zugleich den Aberglauben zu verspotten, legte der Dichter unserer Ballade den Gedanken zu Grunde, daß es gefährlich ist, die mächtigen Kräfte der Natur und des Geistes zu Kampf und Leben aufzuregen, wenn man nicht die Kraft besitzt, sie zu bändigen und zu beherrschen; denn die „Geister" zu wecken ist oft leicht (vgl. Schiller, Jungfr. v. O. Prol. 2, 110 ff.), aber schwer, sich von ihnen loszumachen und ihnen das rechte Maß zu gebieten: vgl. V. 91 f., 96 ff. Da das Gedicht noch in die Xenienzeit fällt, so liegt die Annahme nahe, daß es, im Bewußtsein der Meisterschaft geschaffen, eine polemische Spitze hat, die gegen „die allgemeine Mittelmäßigkeit in der Produktion" gerichtet ist. — Die ganze Begebenheit wird in einem Monologe vorgeführt, der von dramatischem Leben erwärmt und von lyrischem Feuer durchströmt ist; bei strengster Vermeidung epischer Breite befleißigt sich die Sprache schmuckloser Kürze und knapper Gedrängtheit, um, weit entfernt durch das Einzelne blenden zu wollen, dem Ganzen die Wirkung zu sichern. Dieser Absicht kommt die metrische Form, die zuweilen dem Gedichte den Charakter des ruhelosen Fortstürmens giebt, aufs beste entgegen. **1—14:** Des Lehrlings Freude. **2.** einmal] endlich einmal. **3.** seine Geister] die sonst ihm dienstbaren Geister,

6 5 Seine Wort' und Werke
   Merkt' ich und den Brauch,
   Und mit Geistesstärke
   Thu' ich Wunder auch.

   Walle! walle
10 Manche Strecke,
   Daß, zum Zwecke,
   Wasser fließe
   Und mit reichem, vollem Schwalle
   Zu dem Bade sich ergieße.

15 Und nun komm, du alter Besen,
   Nimm die schlechten Lumpenhüllen!
   Bist schon lange Knecht gewesen;
   Nun erfülle meinen Willen!
   Auf zwei Beinen stehe,
20 Oben sei ein Kopf!
   Eile nun und gehe
   Mit dem Wassertopf!

   Walle! walle
   Manche Strecke,

---

die Kräfte, die seinem Willen gehorchen.   5 f. Wort'] Zauber=
formeln. — Werke] die Zauberformen, Ceremonien, insbesondere
das Verfahren mit dem Besen. — Der „Brauch" bezieht sich auf die
Art und Weise, wie nach dem Beispiele des Meisters die Formeln und
die Formen zusammen angewandt werden müssen, um die Verzauberung
zu bewirken. V. 9—14 beweisen, daß die „Worte", V. 15—22, daß
die „Werke", und V. 15—28, daß der „Brauch" von ihm richtig an=
gemerkt ist.   7. mit Geistesstärke] voll Mut und Vertrauen auf die
Wirksamkeit meiner Beschwörung. Wenn der Ausdruck im Munde des
jungen Burschen etwas phrasenhaft klingt, so ist das wohl berechnet.
9 ff. Der Bursche sagt die dem Meister abgelauschte Zauberformel, die
natürlich jetzt, vor Bekleidung des Besens, noch keine Kraft hat, still
für sich her, um sich zu überzeugen, daß er sie genau dem Gedächtnisse
eingeprägt hat. — „Daß die Formel etwas mysteriös klingt und ein=
zelnes mehr Klingklang als bedeutungsvoll ist, wie ‚manche Strecke'
und ‚zum Zwecke', entspricht ganz der Art solcher Formeln." Düntzer.
15—36: Die mit Erfolg versuchte Zauberei.   16. Nimm]
lege an.   17 f. Knecht] des Meisters gewesen: jetzt sei mein Knecht.
23 ff. Nachdem die Bekleidung vollendet ist und damit die Zauber=
formen erfüllt sind, wird jetzt die Zauberformel langsam und mit
feierlichem Ernste über den zaubermäßig präparierten Besen gesprochen,

Der Zauberlehrling.

25 Daß, zum Zwecke,
Wasser fließe
Und mit reichem, vollem Schwalle
Zu dem Bade sich ergieße.

Seht, er läuft zum Ufer nieder;
30 Wahrlich, ist schon an dem Flusse,
Und mit Blitzesschnelle wieder
Ist er hier mit raschem Gusse.
Schon zum zweitenmale!
Wie das Becken schwillt!
35 Wie sich jede Schale
Voll mit Wasser füllt!

Stehe! stehe!
Denn wir haben
Deiner Gaben
40 Vollgemessen! —
Ach, ich merk' es! Wehe! wehe!
Hab' ich doch das Wort vergessen!

Ach, das Wort, worauf am Ende
Er das wird, was er gewesen.
45 Ach, er läuft und bringt behende!
Wärst du doch der alte Besen!
Immer neue Güsse
Bringt er schnell herein,
Ach, und hundert Flüsse
50 Stürzen auf mich ein.

trait deren dieser das thut, was der Bursche V. 19—22 von ihm verlangte. **29 ff. Seht]** formelhafter Ausdruck der Überraschung. Der Bursche ist allein. — Die 3 Hauptteile der Handlung (des Wasserholens) erscheinen in rascher Folge. **34. das Becken]** das Wasser in der Badewanne. **35. jede Schale]** jeder Wasserbehälter. **37—84: Des Burschen Angst und Not. 40. Vollgemessen]** überreichlich. **42. Wort]** Entzauberungswort; es steht V. 93—95. Von vergessenen Zaubersprüchen erzählen auch Grimms Märchen, z. B. Der Simeliberg, Der süße Brei; vgl. Anhang. **49 f.** Die Übertreibung erklärt sich aus der steigenden Angst (vgl. V. 55) und Ratlosigkeit. — Die Hyperbel beruht erstens auf einer deutlichen Sinneswahrnehmung, die nur gewaltig vergrößert wird, zweitens auf einer Erregung des Gefühls, die in der Vergrößerung des Sinnenvorgangs zum Ausdrucke kommt.

        Nein, nicht länger
        Kann ich's lassen:
        Will ihn fassen.
        Das ist Tücke!
55   Ach, nun wird mir immer bänger!
        Welche Miene! welche Blicke!

        O, du Ausgeburt der Hölle!
        Soll das ganze Haus ersaufen?
        Seh' ich über jede Schwelle
60 Doch schon Wasserströme laufen.
        Ein verruchter Besen,
        Der nicht hören will!
        Stock, der du gewesen,
        Steh doch wieder still!

65   Willst's am Ende
        Gar nicht lassen?
        Will dich fassen,
        Will dich halten
        Und das alte Holz behende
70 Mit dem scharfen Beile spalten.

        Seht, da kommt er schleppend wieder!
        Wie ich mich nur auf dich werfe,
        Gleich, o Kobold, liegst du nieder;
        Krachend trifft die glatte Schärfe! —
75 Wahrlich, brav getroffen!
        Seht, er ist entzwei!
        Und nun kann ich hoffen,
        Und ich atme frei!

---

53 ff. fassen] und festhalten — aber die Furcht hält ihn für dieses Mal noch davon ab, ja sie steigert sich vorläufig noch und läßt ihn in dem übereifrigen Knechte sogar ein Gespenst sehen, das grinsend, höhnend und drohend ihn anzustieren scheint.   59 f. Auch hier Übertreibung: vgl. V. 49 f.   63 f. Der Versuch, die vergessene Entzauberungsformel zu finden (vgl. V. 44 und 46), mißglückt.   67 ff. Mittlerweile hat er sich Mut gefaßt.   71. Vgl. V. 29.   72. Wie ich mich nur = Wenn ich mich nur so.   73. Kobold] entstanden aus Kobwalt (Koben = versteckter Raum im Hause), also: Walter, Schützer des Gemachs. „Seinem Wesen nach ist der Kobold ein helfender Hausgeist trotz der bösen, ja teuflischen Färbung, die ihm von

Wehe! wehe!
80 Beide Teile
Stehn in Eile
Schon als Knechte
Völlig fertig in die Höhe!
Helft mir, ach, ihr hohen Mächte!

85 Und sie laufen! Naß und nässer
Wird's im Saal und auf den Stufen.
Welch entsetzliches Gewässer!
Herr und Meister! hör' mich rufen! —
Ach, da kommt der Meister!
90 Herr, die Not ist groß!
Die ich rief, die Geister,
Werd' ich nun nicht los.

„In die Ecke,
Besen! Besen!
95 Seid's gewesen!
Denn als Geister
Ruft euch nur, zu seinem Zwecke,
Erst hervor der alte Meister."

7. Das Blümlein Wunderschön.
Lied des gefangnen Grafen.

Graf.

Ich kenn' ein Blümlein Wunderschön
Und trage darnach Verlangen;

---

christlicher Gesinnung zugelegt wurde." Grimms Wtb. Hier ist natürlich mit dem Worte ein unheimlicher, tückischer, schadenfroher Unhold und Quälgeist gemeint.   79 ff. Nach dem kurzen freudigen Hoffnungs= schimmer doppeltes Leid und erhöhte Ratlosigkeit. — Stehn] stellen sich, richten sich; vgl. Tell IV, 3, 279.   84. hohen] ihr Mächte der Höhe, des Himmels.   85—98: Die Erlösung aus der höchsten Not. 85. Naß und nässer] immer nässer und nässer.   87. Gewässer] Wassermassen.   88. Herr und Meister] Bibelsprache; vgl. Joh. 13, 14. 91 f. Zum „geflügelten Worte" geworden. — Erkenntnis und Be= kenntnis der Schuld.   93—95: Die Entzauberungsformel.   95. Seid Geister gewesen, seid es also jetzt nicht mehr!   96 ff. Zurechtweisung für den Lehrling.

Das Blümlein Wunderschön. Die Überschrift erinnert an Bürgers „Das Blümchen Wunderhold" (die Bescheidenheit). Am 16. Juni 1798 vollendet, 1799 zuerst gedruckt. — Die erste Anregung

Ich möcht' es gerne zu suchen gehn,
Allein ich bin gefangen.
5 Die Schmerzen sind mir nicht gering;
Denn als ich in der Freiheit ging,
Da hatt' ich es in der Nähe.

Von diesem ringsum steilen Schloß
Laß ich die Augen schweifen,
10 Und kann's vom hohen Turmgeschoß
Mit Blicken nicht ergreifen;

Zu dieser in dialogischer Form abgefaßten Ballade empfing unser Dichter im Oktober 1797, als er in Stäfa am Züricher See in des Ägidius Tschudi (1505—1572) Chronicon Helveticum las, dessen „treuherziger, Herodotischer, ja fast Homerischer Geist" später Schiller bei Bearbeitung seines „Tell" so sehr gefiel und ihn „poetisch stimmte". In dieser Chronik fand Goethe die Bemerkung, daß Graf Hans von Habsburg-Rapperswyl während seiner Gefangenschaft auf dem Turme des Schlosses Wellersberg in der Nähe Zürichs, in dem ihn die Züricher 2½ Jahre (1350—1352) schmachten ließen, das „Liedli": „Ich weiß ein blaues Blümelein" gedichtet habe. Mehr als diesen ersten Vers teilt Tschudi nicht mit, und mehr hat auch Goethe schwerlich von diesem Liede gekannt; es ist aber ohne Zweifel dasselbe Lied, das später von Uhland im ersten Bande seiner „alten hoch- und niederdeutschen Volkslieder" (1844—45) nach einem fliegenden Blatte von 1570 mitgeteilt wurde und in seiner Anfangsstrophe lautet: „Weiß mir ein blümli blawe von himmelblawen schein; es stat in grüner awe, es heißt Vergiß nit mein; ich kunt es nirgent finden, was [war] mir verschwunden gar, von rif und kalten winden ist es mir worden fal." — Daß es möglich war, auf Grund einer so dürftigen, unscheinbaren Aufzeichnung unsere nach Anlage, Ton und Inhalt so einzig schöne, wahrhaft deutsche Ballade zu schaffen, darf als Beweis poetischer Meisterschaft gelten. Das Gesprächslied ist ganz in der anspruchslosen, kindlich treuherzigen Weise des Volksliedes gehalten. Im Beginne desselben spricht der auf hohem Felsenschlosse unschuldig (vgl. V. 18 f., 36 f. u. 61) eingekerkerte Graf sein tiefes Verlangen nach dem Blümlein Wunderschön aus; dadurch werden verschiedene Blumen, die sich für das ersehnte Blümchen halten, veranlaßt, rühmend ihrer Vorzüge zu gedenken, bis der Graf diesem Wettstreite ein Ende macht mit der Enthüllung, er meine das Vergißmeinnicht, das Sinnbild der ihm in herzlicher Treue ergebenen Gattin, an die zu denken sein einziger Trost in den „herben Leiden" der Verlassenheit ist. Die Macht und das Glück treuer Gattenliebe, die auch im schwersten Unglücke standhält, zu preisen ist der letzte Zweck des Gedichtes.
5. Die Schmerzen sind mir] wirksamer als: meine Schmerzen sind.
8. ringsum steilen] auf ringsum steilen Felsgipfel erbauten. 10. Turmgeschoß] Geschoß = Stockwerk. 11. ergreifen] deutet die Angespannt-

Und wer mir's vor die Augen brächt',
Es wäre Ritter oder Knecht,
Der sollte mein Trauter bleiben.

Rose.

15 Ich blühe schön und höre dies
Hier unter deinem Gitter.
Du meinest mich, die Rose, gewiß.
Du edler, armer Ritter!
Du hast gar einen hohen Sinn;
20 Es herrscht die Blumenkönigin
Gewiß auch in deinem Herzen.

Graf.

Dein Purpur ist aller Ehren wert
Im grünen Überkleide,
Darob das Mädchen dein begehrt,
25 Wie Gold und edel Geschmeide.
Dein Kranz erhöht das schönste Gesicht:
Allein du bist das Blümlein nicht,
Das ich im stillen verehre.

---

heit, die innere Kraft des Blickes an. **13. Es ... Knecht]** sei es (vom Adel), wer da wolle. „Genau wie in den mhd. Gedichten in ähnlichem Falle: ez wære ritter oder kneht, noch im 15. Jhd." Grimms Wtb. — „Ritter oder (und) Knecht" (Knecht = Edelknecht, Knappe) formelhafte Verbindung zur Bezeichnung des gesamten Reichsadels. Vgl. auch Nibelung. Str. 32 (Bartsch): „Dô gie ze einem münster vil manec richer knëht Und manec edel ritter", und 11, 1. **14. Der ... bleiben]** ich würde ihm immer in Liebe (und Dankbarkeit) verbunden bleiben; „mein Trauter" mhd. der triute min; vgl. Nibel. (Bartsch) 540, 3. **15.** Die Rose preist ihre Schönheit, weil sie wegen dieser Eigenschaft dem stattlichen Ritter zu gefallen glaubt. **16.** Dort ist auch die Lilie zu denken. **17. meinest]** „Meinen" heißt auch: seine Gedanken worauf richten (vgl. V. 2), im Sinne, im Herzen tragen. **19. hohen Sinn]** hohe Gesinnung: hôhgemüete, Nibel. 45, 2. **20. Es herrscht]** Drum herrscht. **23. grünen Überkleide]** Gemeint ist die grüne Farbe des Kelches, die sich scharf abhebt vom „Purpur" der Blütenblätter. **24. Darob]** relativisch gebraucht. **25. Geschmeide]** mhd.: gesmide, eigentl.: Geschmiedetes, dann: (Metall-)Schmuck überhaupt. **26. erhöht]** verschönt.

Lilie.

Das Röslein hat gar stolzen Brauch
30 Und strebet immer nach oben;
Doch wird ein liebes Liebchen auch
Der Lilie Zierde loben.
Wem's Herze schlägt in treuer Brust
Und ist sich rein, wie ich, bewußt,
35 Der hält mich wohl am höchsten.

Graf.

Ich nenne mich zwar keusch und rein
Und frei von bösen Fehlen;
Doch muß ich hier gefangen sein
Und muß mich einsam quälen.
40 Du bist mir zwar ein schönes Bild
Von mancher Jungfrau, rein und mild:
Doch weiß ich noch was Liebers.

Nelke.

Das mag wohl ich, die Nelke, sein
Hier in des Wächters Garten:

---

29. Die Lilie als Gegnerin der Rose rühmt ihre Reinheit vor dem Grafen, dem Reinen. — Brauch] Wesen, Gewohnheiten. 30. Vgl. V. 19 f. 34. Und ist sich ... bewußt] Bedingungssatz: und wenn er sich (dabei) bewußt ist, rein, wie ich, zu sein. Das Subjekt „er" zu „ist" wäre leichter zu ergänzen, wenn in V. 33 statt des Dativs „Wem's" der Nominativ stünde, etwa: „Wer's (= wann immer jemand das) Herze trägt ..." Noch einfacher wär's, wenn in V. 34 statt „ist" „wer" gelesen würde. Doch derartige „sorglose Verbindungen, die dem lateinischen periodologischen Stile ... gerade entgegengesetzt sind, erhöhen nur den Reiz dieser lebendigen, kindlichen, nachlässigen, übermütigen, den Verstand geflissentlich neckenden und beschämenden Goetheschen Poesie." Hehn. 36. Auch im Volksliede erscheinen die Lilien als Sinnbilder der Reinheit und Keuschheit: vor dem Unkeuschen neigen sie ihre Kronen: vgl. Matthias, Volkslieder 11, 29 ff. 37. frei] nach Düntzer: im Texte steht: „rein". — Fehlen] von dem (in der älteren Sprache gebräuchlichen) Nominativ: „der Fehl." 39. einsam quälen] in meiner Einsamkeit grämen. 40. Bild] Sinnbild: vgl. Schiller, Br. v. Mess. 1, 3 (265 f.): „Nicht auf der Erden Ist ihr Bild und ihr Gleichnis zu sehn." 43. Die Nelke glaubt wegen der sorgsamen Pflege, die sie genießt, wegen ihrer Blätterfülle, ihres Wohlgeruches und ihrer Farbenpracht es beanspruchen zu können, daß der Graf ihr besondere Beachtung schenke. 44. Wächters] Gefangenwärters, des „Türners", wie er im „Götz" heißt.

45 Wie würde sonst der Alte mein
 Mit so viel Sorgen warten?
 Im schönen Kreis der Blätter Drang
 Und Wohlgeruch das Leben lang
 Und alle tausend Farben.

Graf.

50 Die Nelke soll man nicht verschmähn,
 Sie ist des Gärtners Wonne;
 Bald muß sie in dem Lichte stehn,
 Bald schützt er sie vor Sonne;
 Doch was den Grafen glücklich macht,
55 Es ist nicht ausgesuchte Pracht,
 Es ist ein stilles Blümchen.

Veilchen.

 Ich steh' verborgen und gebückt
 Und mag nicht gerne sprechen;
 Doch will ich, weil sich's eben schickt,
60 Mein tiefes Schweigen brechen.
 Wenn ich es bin, du guter Mann,
 Wie schmerzt mich's, daß ich hinauf nicht kann
 Dir alle Gerüche senden.

Graf.

 Das gute Veilchen schätz' ich sehr:
65 Es ist so gar bescheiden
 Und duftet so schön; doch brauch' ich mehr
 In meinem herben Leiden.
 Ich will es euch nur eingestehn:
 Auf diesen dürren Felsenhöhn
70 Ist's Liebchen nicht zu finden.

---

45. mein] mhd. min, alter Gen. Sing. von „ich"; vgl. z. 3, 18.
47. Im schönen Kreise stehn die sich drängenden Blätter.   48. Und
mein) Wohlgeruch dauert …   49. tausend Farben] In einigen
Gegenden nennt man eine Nelkenart, die Büschelnelke (dianthus bar-
batus), auch „Tausendschön".   55. ausgesuchte Pracht] Zusammen-
fassung der von der Nelke erwähnten Vorzüge.   57. Das duftende
Veilchen, das sich wegen des Ausdruckes „stilles Blümchen" für die
erkorene Blume hält, bricht trotz seiner ihm eigentümlichen Bescheidenheit das Schweigen und versichert den Grafen der innigsten Teilnahme.
66. mehr] als Güte, Bescheidenheit und „schönen Duft".

7—8 Doch wandelt unten an dem Bach
Das treuste Weib der Erde
Und seufzet leise manches Ach,
Bis ich erlöset werde.
75 Wenn sie ein blaues Blümchen bricht
Und immer sagt: „Vergiß mein nicht!"
So fühl' ich's in der Ferne.

Ja, in der Ferne fühlt sich die Macht,
Wenn zwei sich redlich lieben;
80 Drum bin ich in des Kerkers Nacht
Auch noch lebendig geblieben.
Und wenn mir fast das Herze bricht,
So ruf' ich nur: „Vergiß mein nicht!"
Da komm' ich wieder ins Leben.

8 ## 8. Hochzeitlied.

Wir singen und sagen vom Grafen so gern,
Der hier in dem Schlosse gehauset,
Da, wo ihr den Enkel des seligen Herrn,
Den heute vermählten, beschmauset.

71. Was ihn einzig in seinem Jammer vor Verzweiflung bewahrt, ist die zuversichtliche Gewißheit von der unwandelbaren Treue seiner in der Ferne weilenden Gattin, deren Sinnbild (vgl. Matthias, Volksl. 17, 22; 34, 14) das Vergißmeinnicht ist; zu ihr schweift seine Sehnsucht immerfort hinüber, und sie ist ihm mit ihren Gedanken in jedem Augenblicke nahe. 78. fühlt sich] wird gefühlt (die Macht der Liebestreue).

8 Hochzeitlied oder, wie der Dichter die Ballade anderswo nennt, „der Graf und die Zwerge". Beendet im Dezember 1802, 1804 gedruckt. — Drei Hochzeitfeiern finden im Gedichte Erwähnung: 1. das jetzige (des „Enkels") Fest (V. 3 f. u. V. 72), 2. die Zwergenhochzeit (V. 5—63), 3. die Hochzeit des Ahnherrn (V. 64—71). Nur die Zwergenhochzeit ist weiter ausgeführt, und diese besonders erscheint als eine dichterische Verherrlichung des gegenwärtigen Festes, insofern durch sie der jetzt um das Brautpaar versammelten Gesellschaft im Zauberspiegel der Dichtung ein dem gegenwärtigen Feste ähnliches Bild vorgehalten wird. Zu Grunde liegt die (von Goethe wahrscheinlich schon in der Jugend aus dem Munde des Volkes vernommene) Sage von der Zwergenhochzeit im großen Saale des 5 Stunden von Leipzig an der Mulde gelegenen Schlosses Eilenburg, des Stammsitzes der jetzt in Florenzen ansässigen gräflichen Familie Eulenburg; vgl. Anhang. — Der lebendige jambisch-anapästische Rhythmus, die überreiche Fülle der Klangfiguren (Assonanz, Alliteration, Annomination, Binnenreim,

5 Nun hatte sich jener im heiligen Krieg
  Zu Ehren gestritten durch mannigen Sieg;
  Und als er zu Hause vom Rösselein stieg,
  Da fand er sein Schlösselein oben,
  Doch Diener und Habe zerstoben.

10   „Da bist du nun, Gräflein, da bist du zu Haus;
  Das Heimische findest du schlimmer!
  Zum Fenster da ziehen die Winde hinaus,
  Sie kommen durch alle die Zimmer.
  Was wäre zu thun in der herbstlichen Nacht?
15 So hab' ich doch manche noch schlimmer vollbracht,
  Der Morgen hat alles wohl besser gemacht.
  Drum rasch bei der mondlichen Helle
  Ins Bett, in das Stroh, ins Gestelle!"

  Und als er im willigen Schlummer so lag,
20 Bewegt es sich unter dem Bette.
  „Die Ratte, die rasch'le, so lange sie mag!

Onomatopöie), die behaglichen Wortdehnungen, die zahlreich verwendeten Deminutiva, die Polysyndesen stehen mit dem kindlich=heiteren Tone der Behandlung im besten Einklange und erhöhen die fröhliche Märchenstimmung. **1—4: Veranlassung des Liedes.** 1. Die zweifache Thätigkeit des Dichters: „singen und sagen" ist in den älteren Zeiten der deutschen Poesie als so wesentlich verbunden betrachtet worden, daß die sprichwörtliche Zusammenstellung beider Ausdrücke noch jetzt dauert, da doch von dem Singen der Dichter selten noch die Rede sein kann (Lachmann). 2. gehauset] gewohnt; vgl. 13, 92: für uns hat „hausen" jetzt den Beigeschmack von etwas Unheimlichem oder auch Komischem. 3 f. Enkel] Nachkomme. — seligen] Vgl. Herm. u. Dor. II, 90. — beschmauset] als Gäste (des Enkels) diesen durch ein Festmahl feiert; vgl. V. 33 f. **5—18: Heimkehr des Ahnherrn.** 5. jener] „der selige Herr". — im heiligen Krieg] bei einem der Kreuzzüge. 6. Zu Ehren] so daß er sich dadurch Ehre und Ansehen erwarb. — mannigen] gedehnte Form für: manchen; vgl. „mannigfaltig". 9. zerstoben] (gleichsam) in alle Winde verweht. 10. Gräflein] mit Ironie zu sich selbst gesprochen. 11. schlimmer] als die Fremde; vgl. V. 15. 12. Vgl. z. 10, 1. 16. Der Morgen] Die Helle des Tages wird auch diesmal alles weniger schlimm erscheinen lassen, als die grausige Nacht es thut. 18. Ins Bett und zwar in das hölzerne Gestelle, dessen Boden mit Stroh bedeckt ist. **19—36: Der Zwerg und seine Bitte.** 19. willigen] willkommenen Schlummer, der alsbald gestört wurde. 20. es sich] sich etwas. 21. Vgl. z. 10, 1. — rasch'le] Vgl. Uhland, Die drei Könige z. H. V. 31.

Ja, wenn sie ein Bröselein hätte!"
Doch siehe! da stehet ein winziger Wicht,
Ein Zwerglein so zierlich mit Ampelenlicht,
25 Mit Rednergebärden und Sprechergewicht
Zum Fuß des ermüdeten Grafen,
Der, schläft er nicht, möcht' er doch schlafen.

„„Wir haben uns Feste hier oben erlaubt,
Seitdem du die Zimmer verlassen,
30 Und weil wir dich weit in der Ferne geglaubt,
So dachten wir eben zu prassen.
Und wenn du vergönnest und wenn dir nicht graut,
So schmausen die Zwerge behaglich und laut
Zu Ehren der reichen, der niedlichen Braut.""
35 Der Graf im Behagen des Traumes:
„Bedienet euch immer des Raumes!"

Da kommen drei Reiter, sie reiten hervor,
Die unter dem Bette gehalten;
Dann folget ein singendes, klingendes Chor
40 Possierlicher kleiner Gestalten;
Und Wagen auf Wagen mit allem Gerät,
Daß einem so Hören und Sehen vergeht,
Wie's nur in den Schlössern der Könige steht;
Zuletzt auf vergoldetem Wagen
45 Die Braut und die Gäste getragen.

---

22. wenn ... hätte] nämlich: wäre sie froh. — Bröselein] Brösamlein. **23.** Wicht] Wesen, insbesondere: Zwerg, Kobold; auch: Gespenst. **24.** „Ampel" (lat. ampulla Ölflasche) = (Hänge-)Lampe. **25.** Sprechergewicht] mit der Wichtigkeit eines Redners. **27.** Der ... möcht' er] Anakoluth: der, wenn er auch nicht einschlafen kann, doch jedenfalls einschlafen möchte. **31.** prassen] eig.: lärmen, dann: schwelgen. **33.** die Zwerge] (im Gegensatze zu den Luftgeistern) die lichtscheuen Erdgeister, sind eine Personifikation der im Innern der Erde wirkenden elementaren Kräfte; sie ragen durch Kunstfertigkeit hervor und sind den Menschen meist freundlich gesinnt. **35.** des Traumes] des Halbschlummers, der dem eigentlichen Schlafe vorausgeht. **36.** immer: immerhin (mir soll's recht sein). **37—63:** Die Zwerghochzeit: 1. Der festliche Aufzug (37—45). 2. Der Tanz (46—54). 3. Das Festmahl (55—63). **37.** Reiter] Vorreiter. **39.** Chor] eine in Reihen geordnete Schar. Das Neutrum fällt auf. **40.** Possierlicher] durch Gebärden zum Lachen reizender. **43.** wie's] wie solches „Gerät".

So rennet nun alles in vollem Galopp
Und kürt sich im Saale sein Plätzchen;
Zum Drehen und Walzen und lustigen Hopp
Erkieset sich jeder ein Schätzchen.
50 Da pfeift es und geigt es und klinget und klirrt,
Und ringelt's und schleift es und rauschet und wirrt,
Da pispert's und knistert's und flistert's und schwirrt;
Das Gräflein, es blicket hinüber;
Es dünkt ihn, als läg' er im Fieber.

55 Nun dappelt's und rappelt's und klappert's im Saal
Von Bänken und Stühlen und Tischen;
Da will nun ein jeder am festlichen Mahl
Sich neben dem Liebchen erfrischen.
Sie tragen die Würste, die Schinken so klein
60 Und Braten und Fisch und Geflügel herein;
Es kreiset beständig der köstliche Wein.
Das toset und koset so lange,
Verschwindet zuletzt mit Gesange.

Und sollen wir singen, was weiter geschehn,
65 So schweige das Toben und Tosen!
Denn, was er so artig im kleinen gesehn,
Erfuhr er, genoß er im großen.
Trompeten und klingender, singender Schall
Und Wagen und Reiter und bräutlicher Schwall,

47. kürt] „Küren" vom Subst. „die Kur" (Wahl), = kiesen. 48. Hopp] Hoppel- oder Hopptanz, Tanz mit hüpfenden Bewegungen. 50. malt die Töne der Musik; bei „klinget" ist vielleicht an den Triangel, bei „klirrt" an die Erzbecken gedacht. 51. stellt das Geräusch des Tanzes dar. — wirrt] wirren: sich ordnungslos (im „Wirrwarr") durcheinander bewegen. Vgl. Eichendorff, Taugenichts: „Unzählige geputzte Herren und Damen, wie in einem Schattenspiele, wogten und walzten und wirrten da bunt und unkenntlich durcheinander." 52. schildert das schäkernde Geplauder der Zuschauer und Tänzer. 53. Vgl. z. 10, 1. 55. „Dappeln" = trippeln. 62. Das] Vgl. z. 10, 8. 64. wir] der Sänger. 65. Sinn: so muß ich um Ruhe bitten. — Die Worte sind an die lebhaft erregten fröhlichen Hochzeitgäste gerichtet. 66. Denn] zum Lohne nämlich für seine den Zwergen gegenüber bewiesene Gefälligkeit. — artig] zierlich und anmutig. 67. Er hielt selbst Hochzeit; darin liegt eine Hindeutung auf das Fortblühen des gräflichen Geschlechtes. 69. bräutlicher Schwall] zahlreiche

70 Sie kommen und zeigen und neigen sich all,
Unzählige, selige Leute.
So ging es und geht es noch heute.

9. Der getreue Eckart.

„O wären wir weiter, o wär' ich zu Haus!
Sie kommen. Da kommt schon der nächtliche Graus;
Sie sind's, die unholdigen Schwestern.

Hochzeitsgäste; „Schwall" von „schwellen" eigentlich: „eine schwellend sich bewegende Masse". **70.** kommen] Das (historische) Präsens glücklich gewählt als Übergang zur eigentlichen Gegenwart. **71.** selige] glückliche.

9 Der getreue Eckart. Der dritten Balladenperiode angehörig; um 1813 gedichtet, 1815 zuerst gedruckt. — Zu Grunde liegt eine thüringische Volkssage; ob Goethe diese unmittelbar aus dem Munde des Volkes gehört, oder ob er sie in Joh. Heinr. v. Falkensteins Thüringischer Chronik (1738) gefunden hat, ist nicht festgestellt (vgl. Anhang). Eckart erscheint als das Urbild des wohlmeinenden Beraters; schon die ältere Sage berichtet von ihm, daß er vor dem Venusberge (dem Hörselberge bei Eisenach) sitze und die Leute vor dem Eintritt warne, damit es ihnen nicht ergehe, wie dem Tannhäuser; nach dem späteren in Thüringen verbreiteten Volksglauben zieht er mit weißem Stabe dem wütenden Heere vorauf und fordert jeden auf, vor dem Spuke beiseite zu gehen oder in den Häusern zu bleiben oder sich zu Boden zu werfen, da er sonst mit fortgeschleift und getötet werde. Daß Goethe mit dem getreuen Eckart einen sittlichen Gedanken habe veranschaulichen wollen, ist kaum anzunehmen; seine Absicht war wohl keine andere, als aus der Wundererzählung eine lehrhafte Kinderfabel zu machen. — Die volkstümliche, von Naivetät und Humor getragene Darstellung ist malerisch und anschaulich; der Hörer glaubt sich unwillkürlich in das gespenstige Treiben versetzt: er hat den Eindruck, als ob er mit den Kindern mitten in der Landschaft stände, das Heranbrausen des Ungewitters vernähme und plötzlich den Mann gewahrte, der den Kindern Mut einspricht und Schweigen auferlegt. **1—12:** Der „alte Gesell" als Mahner. **1** f. wir] beide; wohl das ältere Kind spricht. — ich] Daß es nur mehr an sich allein denkt, ist ein Beweis der wachsenden Aufregung, die sich, wie das „Sie kommen", „Da kommt schon", „Sie sind's" lebhaft andeutet, bis zur ängstlichsten Hast steigert. — der nächtliche Graus] die zur Nachtzeit daher stürmenden, Grausen erregenden Spukgestalten. **3.** die unholdigen Schwestern] Frau Hulda mit ihren Begleiterinnen, den Hulden. Die Hulden (= Gnädigen, Gewogenen) sind ursprünglich wohlthätige Hausgeister und Beschützerinnen der Fluren; die christliche Vorstellung stempelte sie zu unheilbringenden, häßlichen Wesen, zu Töchtern des Teufels, zu Unholden (Hexen), die in den Zwölfnächten (von Weihnachtsabend bis Heiligedreikönigsabend)

Sie streifen heran, und sie finden uns hier,
5 Sie trinken das mühsam geholte, das Bier,
Und lassen nur leer uns die Krüge."

So sprechen die Kinder und drücken sich schnell;
Da zeigt sich vor ihnen ein alter Gesell:
„Nur stille, Kind! Kinderlein, stille!
10 Die Hulden, sie kommen von durstiger Jagd,
Und laßt ihr sie trinken, wie's jeder behagt,
Dann sind sie euch hold, die Unholden."

Gesagt so geschehn! Und da naht sich der Graus
Und siehet so grau und so schattenhaft aus,
15 Doch schlürft es und schlampft es aufs beste.
Das Bier ist verschwunden, die Krüge sind leer;
Nun saust es und braust es, das wütige Heer,
Ins weite Gethal und Gebirge.

---

mit der von Wodan geführten wilden Jagd unter Sturm und Brausen durch die Lüfte ziehen; vgl. Götz V, 6, 23 ff. **5.** das mühsam ...] aus der Ferne geholte, das kostbare Bier. **7.** drücken sich] suchen sich zu verstecken. Vgl. A. v. Droste, Knabe im Moor V. 16: „Hinducket das Knäblein zage." **9.** Kind! Kinderlein] Er beruhigt erst das sprechende (ältere) Kind, dann beide Kinder zusammen. **10.** Vgl. z. 10, 1. — durstiger] faktitiv: durstig machender; vgl. das Uhlandsche Trinklied: „Was ist das für ein durstig Jahr!" **12.** hold, die Unholden] Eine ähnliche Doppelnatur zeigen auch die Erinnyen-Eumeniden. **13—24**: Der „fromme Gesell" als Tröster. **13.** Vgl. 10, 22. — Die Kinder lassen ihre Krüge auf freiem Felde stehen, sie selbst „drücken sich". — Und da] Das „Und" ist dem gemütlichen Kindertone abgelauscht **14.** so grau und so schattenhaft] wie die in schwacherleuchteter Sturmnacht gejagten Nebelgebilde, aus denen die Phantasie die Spukgestalten der wilden Jagd schuf. **15.** „schlürfen" mit halbgeöffneten Lippen hörbar einsaugen, „schlampfen" (= schlampen) geräuschvoll und gierig mit vollem Munde und ausgeschlagener Zunge hineinschlingen. — es] Vgl. z. 10, 41. Die Kinder sehen nichts Bestimmtes, sie hören nur das Schlürfen und Schlampfen. **17.** das wütige] = wütende, hastig einherstürmende Heer s. v. w. Wodans Heer; den Ausdruck bildete nach Einführung des Christentums das Bewußtsein des Volkes mit Anlehnung an das Verb wuotan (= wüten), das mit dem Götternamen Wuotan (= Wodan) eines Stammes ist. **18.** Gethal] eine Mehrheit (Reihe) zusammenhängender Thäler.

⁹ Die Kinderlein ängstlich gen Hause so schnell,
20 Gesellt sich zu ihnen der fromme Gesell:
„Ihr Püppchen, nur seid mir nicht traurig!" —
„„Wir kriegen nun Schelten und Streich' bis aufs Blut."" —
„Nein, keineswegs, alles geht herrlich und gut,
Nur schweiget und horchet wie Mäuslein!

25 „Und der es euch anrät und der es befiehlt,
Er ist es, der gern mit den Kindelein spielt,
Der alte Getreue, der Eckart.
Vom Wundermann hat man euch immer erzählt;
Nur hat die Bestätigung jedem gefehlt;
30 Die habt ihr nun köstlich in Händen."

Sie kommen nach Hause, sie setzen den Krug
Ein jedes den Eltern bescheiden genug
Und harren der Schläg' und der Schelten.
Doch siehe, man kostet: „Ein herrliches Bier!"
35 Man trinkt in die Runde schon dreimal und vier,
Und noch nimmt der Krug nicht ein Ende.

Das Wunder, es dauert zum morgenden Tag:
Doch fraget, wer immer zu fragen vermag:
„Wie ist's mit den Krügen ergangen?"
40 Die Mäuslein, sie lächeln, im stillen ergetzt;
Sie stammeln und stottern und schwatzen zuletzt,
Und gleich sind vertrocknet die Krüge.

---

19. Kinderlein] nämlich: eilen. 20. Gesellt] da gesellt. — „Gesell ... gesellt" ist Annomination. 21. Püppchen] wie „Puppe" Schmeichelwort. 22. Schelten] ungewöhnlicher Plural: Scheltworte, Vorwürfe; vgl. V. 33. 24. horchet wie Mäuslein] nämlich: auf den Rat. **25—36**: Der alte Getreue, der Wundermann. 29. jedem] von euch beiden. 30. habt ... in (= in'n) Händen] sofern ihr mein Gebot, zu schweigen, achtet. 31 f. Sie setzen den Krug, und zwar ein jedes Kind seinen Krug, den Eltern vor. — bescheiden genug] infolge ihrer Furcht, da sie das Wunder in seinen Wirkungen noch nicht wahrnehmen. 35. vier] viermal. 36. der Krug] das Bier im Kruge. **37—48**: Das Wunder wird durch Offenbarung des Geheimnisses verwirkt. 40. Die Mäuslein] Schmeichelname für Kinder, die sich zugleich still halten, wie die Mäuslein; vgl. V. 24. — ergetzt] darüber, daß sie allein um das Geheimnis wissen. 41. Allitteration, Polysyndese und Klimax.

Und wenn euch, ihr Kinder, mit treuem Gesicht 9—10
Ein Vater, ein Lehrer, ein Aldermann spricht,
45 So horchet und folget ihm pünktlich!
Und liegt auch das Züuglein in peinlicher Hut,
Verplaudern ist schädlich, verschweigen ist gut;
Dann füllt sich das Bier in den Krügen.

10. Der Totentanz. 10

Der Türmer, der schaut zu Mitten der Nacht
Hinab auf die Gräber in Lage;
Der Mond, der hat alles ins Helle gebracht;
Der Kirchhof, er liegt wie am Tage.
5 Da regt sich ein Grab und ein anderes dann:
Sie kommen hervor, ein Weib da, ein Mann,
In weißen und schleppenden Hemden.

---

44. Aldermann] (engl.: alderman) „Ältester" in seiner Würde als Vorsteher, Vorgesetzter.   46. in peinlicher Hut] in einer Hut, die mit quälender Unruhe erfüllt, d. h. dahin treibt, das Geheimnis zu verraten. „Hüetet iuwer zungen, daz zimt wol den jungen." Walther v. d. Vogelw.

Der Totentanz. Im Sommer 1813 in Teplitz gedichtet, 1815 10 zuerst gedruckt. Nach Riemer hat Goethe die hier behandelte Sage in Böhmen aus mündlicher Überlieferung kennen gelernt; jedenfalls sind hier zwei ursprünglich getrennte Sagen eng verknüpft: die eine derselben berichtet von dem nächtlich herumgehenden Toten, der von einem Türmer seines abgelegten Sterbehemdes beraubt wird und nun den Dieb verfolgt; die andere erzählt von einem mitternächtlichen Tanze der ihren Grüften entstiegenen Toten. Die erste Sage findet sich unter anderm in Hermanni Corneri Chronicon (1743 gedruckt), die zweite wird in Apels „Gespensterbuch" (1811) mitgeteilt; vgl. Anhang. „Das Verdienst des Gedichtes", sagt Düntzer, „besteht in der glücklichen, gegenständlichen Ausmalung des ganzen gespenstigen Spukes und dem bei allem Grausenhaften heiteren Tone der Erzählung. Durch bezeichnende, zugleich auf andere hindeutende und sie weckende Züge hat der Dichter das wunderliche Bild zur lebendigen Erscheinung gebracht, wobei die gewählte Strophenform treffend benutzt, der Wortklang auf das geschickteste verwandt ist und auch die schlaffe, fast schlotternde Satzverbindung und Wortfügung dem Inhalte durchaus entspricht."
1—14: Die in der Geisterstunde den Gräbern entsteigenden Toten und ihre Vorbereitung zum Tanze.   1. Der Türmer, der schaut] Eine derartige volkstümliche Isolierung des Hauptwortes ist in Goethes späteren Balladen gar nicht selten; vgl. auch Schiller, Wall. L. 11, 416: „Der Fröner, der sucht." — zu Mitten der Nacht] Vgl. 5, 20.   2. in Lage] wie sie da unten reihweise liegen.

  Das reckt nun — es will sich ergötzen sogleich —
Die Knöchel zur Runde, zum Kranze,
10 So arm und so jung und so alt und so reich;
Doch hindern die Schleppen am Tanze.
Und weil hier die Scham nun nicht weiter gebeut,
Sie schütteln sich alle; da liegen zerstreut
Die Hemdelein über den Hügeln.

15 Nun hebt sich der Schenkel, nun wackelt das Bein,
Gebärden da giebt es vertrackte;
Dann klippert's und klappert's mitunter hinein,
Als schlüg' man die Hölzlein zum Takte.
Das kommt nun dem Türmer so lächerlich vor;
20 Da raunt ihm der Schalk, der Versucher, ins Ohr:
„Geh! hole dir einen der Laken!"

  Gethan wie gedacht! Und er flüchtet sich schnell
Nun hinter geheiligte Thüren.
Der Mond und noch immer er scheinet so hell
25 Zum Tanz, den sie schauderlich führen.

---

8. Das] bezieht sich wie das folgende „es", ohne Geschlecht und Numerus zu berücksichtigen, auf Personen, auf eine und auf **mehrere**: es kann sich auch auf Sachen beziehen, wenn man sie unbestimmt oder nur im allgemeinen bezeichnen will. Vgl. z. B. 41.   9. zur Runde] zum Rundtanze der einzelnen Paare. — zum Kranze] zum Ringelreihen, zum „Kettentanze"; vgl. Bürger, Lenore, letzte Str.   10. Sowohl Arme als Reiche, sowohl Junge als Alte; chiastische Stellung zur Andeutung des wirren Durcheinanders.   11. Schleppen] Vgl. V. 7.   13. Sie schütteln sich alle] anakoluthisch.   14. Hemdelein] Das Deminutiv nicht ohne Humor.   **15—28: Der Tanz der Toten und des Türmers verwegener Streich.**   16. Gebärden] Bewegungen. — vertrackte, verzerrte, seltsame, komische; mhd. (und niederd.) vertrecken = verzerren (lat. trahere, tractare).   17. klippert's und klappert's] Iterativbildung von „klippen" und „klappen", die ebenfalls gerne im Ablautspiele verbunden werden. — Klapperbein, Klappermann ist scherzhafter Beiname des Todes als Skelett gedacht.   18. Hölzlein] sind die Holzschlägel, die Hämmerchen, womit die Drahtsaiten des Hackbretts geschlagen werden; andere denken an die in Spanien und Unteritalien gebräuchlichen Kastagnetten. — zum Takte] taktmäßig.   20. der Schalk, der Versucher] die eigene Schalkhaftigkeit (Arglist, Boshaftigkeit) flüstert ihm verführerisch ins Ohr.   21. Laken] großes Tuch, niederd. Form für oberdeutsches „Lachen"; gewöhnlich Neutrum, das Mask. auch bei Opitz und Platen.   22. Gethan wie gedacht] Vgl. V. 13.   23. geheiligte] Vgl. V. 34.   24. Vollständiges

Doch endlich verlieret sich dieser und der,
Schleicht eins nach dem andern gekleidet einher,
Und husch! ist es unter dem Rasen.

Nur einer, der trippelt und stolpert zuletzt
30 Und tappet und grapst an den Grüften;
Doch hat kein Geselle so schwer ihn verletzt,
Er wittert das Tuch in den Lüften.
Er rüttelt die Turmthür, sie schlägt ihn zurück,
Geziert und gesegnet, dem Türmer zum Glück;
35 Sie blinkt von metallenen Kreuzen.

Das Hemb muß er haben, da rastet er nicht;
Da gilt auch kein langes Besinnen.
Den gotischen Zierat ergreift nun der Wicht
Und klettert von Zinne zu Zinnen.
40 Nun ist's um den Armen, den Türmer, gethan!
Es ruckt sich von Schnörkel zu Schnörkel hinan,
Langbeinigen Spinnen vergleichbar.

Der Türmer erbleichet, der Türmer erbebt;
Gern gäb' er ihn wieder, den Laken;
45 Da häkelt — jetzt hat er am längsten gelebt —
Den Zipfel ein eiserner Zacken.

Anakoluth für: Und noch immer scheint der Mond ... Mit „und" beginnt eine grammatische Parenthese, so daß, streng genommen, das Subj. „Der Mond" kein Prädikat hat. Denkt man sich „und" fort, dann kommt die Konstruktion jener in V. 4 ziemlich nahe; läßt man aber „und" stehen, dann müßte nach volkstümlicher Sprachweise gestellt werden: „Der Mond, und noch immer scheint er"; vgl. Matthias, Volksl. 11, 19: „euer edler Herr und der ist tot". **27. eins]** Vgl. z. B. 8. **29—49:** Des Geneckten Racheversuch; des Türmers Todesangst und Rettung. **30. grapst]** volkstümlich norddeutsch, Iterativform von „grappen" = greifen. **31. kein Geselle]** Keiner der jetzt in den Grüften befindlichen Mittoten hat ihm den bösen Streich gespielt, davon hat er sich durch das „Grapsen" überzeugt. **34. Geziert]** mit Kreuzen; kausales Particip. **37.** Vgl. 5, 21. **38. Wicht]** Vgl. 8, 23. **41. Es]** gern gebraucht von allem Geisterhaften, Unheimlichen, Grausenhaften, das man nicht näher bezeichnen kann oder mag. Vgl. z. 11, 53; 82. — ruckt sich] bewegt sich ruckweise. — Schnörkel] ist in der Baukunst ein nach einer Schneckenlinie gebildeter Zierat; vgl. Herm. u. D. 3, 82. **42. Der** Ausdruck hat Homerische Färbung. **44 f. Gern]** gäb' er das Hembe

10 Schon trübet der Mond sich verschwindenden Scheins,
Die Glocke, sie donnert ein mächtiges Eins,.
Und unten zerschellt das Gerippe.

---

zurück, d. i. würfe es ihm zu, aber es gelingt nicht; denn bei einem solchen Versuche bleibt das Hemd unmittelbar unter ihm an einem eisernen Zacken hangen. — v. Loeper und Strehlke verstehen unter dem „eisernen Zacken" die Hand des eisig kalten Toten.   47. trübet sich] durch Wolken.   48. mächtiges] mächtig durch die stille Nacht hallendes und mächtig den Geistern gebietendes. — Eins] Das Ende der Geisterstunde ist streng an den Glockenschlag Eins geknüpft; dann ruht alles wieder unter Gottes Auge.   49. zerschellt] wie auf der Rückfahrt vom Brocken sich verspätende Hexen herabstürzen und den Hals brechen. v. Loeper.

II. Ausgewählte Balladen Schillers.

„Selbst ewig lodernd, füllt er die Gestalten
Mit seiner Brust erhabnem Pulsschlag aus;
Des eignen Denkens Tiefsinn lieh er ihnen,
Daß sie uns nah und doch wie hoch erschienen!"
                                    Geibel.

Schillers „Balladen", die zu den volkstümlichsten Erzeugnissen unserer Litteratur gehören, sind das folgerichtige Ergebnis der Entwickelung des Dichters. Er selbst hatte sich aus mannigfacher Verirrung durch unermüdliche Selbstzucht zu hoher sittlicher Kraft und idealer Gesinnung emporgearbeitet; darum war er bemüht, jeden, der am Staube klebt, zu der Höhe seines eigenen idealen Denkens und Empfindens emporzuziehen. Diesem Zwecke dienen augenscheinlich ganz besonders seine „Balladen"; denn fast alle tragen das eine Merkmal an sich, daß sie einen sittlichen Gedanken darstellen; diesen rein zu erfassen, ihn mit der ganzen Wärme und Innigkeit einer festen Überzeugung auszudrücken, Stoff und Form zu ihm hinaufzuläutern war des Dichters Hauptbestreben. In vielen seiner Balladen ist diese Idee so klar zum Ausdrucke gebracht, daß wir sie sogar in einen einzigen Vers gefaßt sehen. Doch nicht die Idee allein ist es, die ergreift und fesselt, auch die Erzählung, worin sie gehüllt ist, gewinnt die Herzen durch ihre kunstreiche Anordnung, ihre lebensvolle Darstellung und durch die Mannigfaltigkeit ihres Inhaltes. „Die heroische Größe", sagt Mayr, „und die poesievolle Schönheit der hellenischen Vorzeit steigt vor uns auf; wir hören wieder die längst verklungenen Töne des Jubels und der Klage, wieder lassen die alten Götter sich zu den Sterblichen beglückend nieder, Recht und Rache erheben ihre Waffen, und die Tugend gewinnt ihre Palme. Und noch niemand vor Schiller hatte die zauberische Pracht mittelalterlicher Zeiten so rein und voll empfunden und besungen. Er verkörpert die göttlichen Lehren der christlichen Lebensführung, er offenbart uns die Bedeutung und den Adel religiöser Gesinnung, er preist in hinreißender Dichterrede, was groß und hehr, was wahr und echt ist, und führt es zu glänzendem Siege."

11. Der Taucher.
Ballade.

„Wer wagt es, Rittersmann oder Knapp',
Zu tauchen in diesen Schlund?
Einen goldnen Becher werf' ich hinab;
Verschlungen schon hat ihn der schwarze Mund.

Der Taucher. Gedichtet vom 3. bis 14. Juni 1797, im folgenden Jahre zuerst gedruckt. — Zu Grunde liegt die von dem Jesuiten Athanasius Kircher in seinem Mundus subterraneus (1678) mitgeteilte Erzählung von einem geschickten sicilianischen Taucher, Pesce (spr. Pesche) Cola (= Nicola), d. i. Nikolaus der Fisch genannt; vgl. Anhang. Daß Schiller nicht unmittelbar aus dem Kircherschen Werke geschöpft hat, beweist der 352. Brief des Schiller=Goetheschen Briefwechsels; jedenfalls ist ihm die Sage in ähnlicher Gestalt (von Goethe?) übermittelt worden. — Schiller hat die prosaischen Thatsachen der ursprünglichen Fabel für seinen poetischen Zweck umgeändert und veredelt: Aus dem rohen, halb tierischen Berufstaucher machte er einen im Tauchen geschickten Knappen von edler Abkunft; was den Berufstaucher in die Tiefe hinabtreibt, ist Eigennutz und gemeine Habsucht, jedoch bei dem ritterlichen Jünglinge sind Ehrgeiz und Liebe die Triebfedern des Handelns. — Rein äußerlich betrachtet, stellt die Ballade den Kampf des Menschen mit einer furchtbaren Naturkraft dar; in Wirklichkeit aber will sie den Gedanken poetisch verklären, daß auch das durch die edlen Motive der Ehre und Liebe veranlaßte Heraustreten des Menschen aus dem ihm von der Natur angewiesenen Kreise ein Eingriff in die göttlichen Rechte ist und ihn der Rache der Gottheit aussetzt; vgl. V. 94—96 u. V. 59 f. Der Grundgedanke ist also derselbe, den Aischylus und Sophokles in ihren Dramen aussprechen: die ὕβρις gewaltiger Naturen ruft die göttliche νέμεσις hervor: δράσαντι παθεῖν. — Bewundernswert ist neben dem dramatischen Aufbau des Ganzen (Anfang: 1—24, Steigerung in 2 Stufen: 25—90, Höhe 91—132, Umkehr 133—150, Schlußwendung 151—162) die Kraft der poetischen Gestaltenmalerei, meisterhaft die Behandlung des Metrums, des Gleichklanges und des sprachlichen Materials überhaupt 1—18: Die Aufgabe und der Preis der Lösung. Dreimalige Aufforderung des Königs, den Preis zu erringen. 1. Rittersmann oder Knapp'] Vgl. 7, 13. 3. Erst bei diesen Worten ergreift er den Becher. 4. Mund] Vgl. V. 2; 39; 48. Der Strudel

11   5 Wer mir den Becher kann wieder zeigen,
      Er mag ihn behalten, er ist sein eigen!"

   Der König spricht es und wirft von der Höh'
   Der Klippe, die schroff und steil
   Hinaushängt in die unendliche See,
 10 Den Becher in der Charybde Geheul.
   „Wer ist der Beherzte, ich frage wieder,
   Zu tauchen in diese Tiefe nieder?"

   Und die Ritter, die Knappen um ihn her
   Vernehmen's und schweigen still,
 15 Sehen hinab in das wilde Meer,
   Und keiner den Becher gewinnen will.
   Und der König zum drittenmal wieder fraget:
   „Ist keiner, der sich hinunter waget?"

   Doch alles noch stumm bleibt, wie zuvor;
 20 Und ein Edelknecht, sanft und keck,

ist persönlich als ein alles verschlingendes Ungeheuer gedacht. 6. ist] imperativisch. — Der Becher darf nur als ein von königlicher Hand gespendetes, anerkennendes Sinnbild ruhmvoller Auszeichnung, nicht als Lohn im eigentlichen Sinne, gelten; denn sonst könnte der König denselben Becher nachher nicht zum zweitenmale in den Strudel hinabschleudern. 9. unendliche See] Vgl. πόντος ἀπείρων (ἀπείριτος) bei Homer, Od. 4, 510; 10, 195. 10. Charybde] Vgl. Homer, Od. 12, 104 ff. Die Alten setzten die Charybdis in die Nähe des heutigen Messina, wo noch jetzt am Leuchtturme ein Strudel bemerkbar ist (Charilla, Remo, Calofaro oder Garofalo genannt), der aber keineswegs den Schilderungen der Alten entspricht: bei ruhigem Meere ist die kreisende Bewegung des Wassers kaum sichtbar, und die kleinsten Fischerboote fahren ohne Gefahr darüber weg, doch bei hochgehender See ist er für kleinere Fahrzeuge sehr gefährlich. — Geheul] Vgl. Homer, Od. 12, 241 f. 11. der Beherzte] so beherzt, beherzt genug. 14. und] adversativisch (= doch); vgl. V. 16. 16. gewinnen will] weil jeder es für unmöglich hält. 17. zum drittenmal wieder] wieder und zwar zum drittenmal. Die dritte Aufforderung ist die kürzeste und zugleich entschiedenste. **19—48:** Des Edelknaben keckes Wagnis. 20 ff. Das Bild des Haupthelden tritt uns lebhaft und klar vor die Seele; wir sehen, wie er aus der schweigenden Menge auf einen freien Raum hervortritt, wir bemerken seine rasche Entschlossenheit, sein entschiedenes Wesen, das sich besonders in dem Abwerfen von Gürtel und Mantel kundgiebt, wir schauen die Wirkung, die sein Erscheinen auf die Zuschauer hervorbringt, wir begleiten ihn mit staunenden Augen und heften auf ihn unsere bangen Blicke, während er auf die freie

Der Taucher.

Tritt aus der Knappen zagendem Chor, 11
Und den Gürtel wirft er, den Mantel weg.
Und alle die Männer umher und Frauen
Auf den herrlichen Jüngling verwundert schauen.

25 Und wie er tritt an des Felsen Hang
Und blickt in den Schlund hinab,
Die Wasser, die sie hinunterschlang,
Die Charybde jetzt brüllend wiedergab,
Und wie mit des fernen Donners Getose
30 Entstürzen sie schäumend dem finstern Schoße.

Und es wallet und siedet und brauset und zischt, G.S. 363
Wie wenn Wasser mit Feuer sich mengt;
Bis zum Himmel spritzet der dampfende Gischt,
Und Flut auf Flut sich ohn' Ende drängt
35 Und will sich nimmer erschöpfen und leeren,
Als wollte das Meer noch ein Meer gebären.

Doch endlich, da legt sich die wilde Gewalt,
Und schwarz aus dem weißen Schaum

Felsplatte tritt, und kaltes Grauen durchrieselt uns, wenn wir mit ihm in die heulende schwarze Tiefe hinabblicken. — Sanft und keck! Bescheidenheit paart sich bei ihm mit Mut und Kraftgefühl. („Keck" = mhd. quëc = lebendig.) **23. Männer**] Ritter und Knappen. **25. Hang**] Abhang; vgl. Tell IV, 1, 155 f. **27 f. Inversion.** — Die Naturerscheinung ist mit einer so staunenswerten Kunst dargestellt, daß W. v. Humboldt und Goethe meinten, das meisterhafte Gemälde der Charybdis müsse jedem beim Anblicke des Rheinfalles bei Schaffhausen in den Sinn kommen. Als Goethe in einem Briefe (vgl. Schiller-Goethescher Briefwechsel Nr. 368) eine derartige Bemerkung machte, erwiderte Schiller (Br. Nr. 369): „Es freut mich nicht wenig, daß nach Ihrer Beobachtung meine Beschreibung des Strudels mit dem Phänomen übereinstimmt. Ich habe diese Natur nirgends als etwa bei einer Mühle studieren können, aber weil ich Homers [Od. 12, 237 ff.] Beschreibung von der Charybde genau studierte, so hat mich dieses vielleicht bei der Natur erhalten." — Vgl. Vergil, Än. 3, 420 ff. **29 f.** Vgl. Homer, Od. 12, 201 f. **31 ff.** Die Polysyndese und der Wortklang malen das verwirrende Wassergewühl. **33. Bis zum Himmel**] poetische Hyperbel; vgl. z. 6, 49 f. — (Gischt] emporzischender gärender Schaum (mundartl.: „Gest" = Hefe); vgl. V. 38. **36. ein Meer**] Betone „Meer"! **37. die wilde Gewalt**] der emporgeschleuderten und von unten her immer sich nachdrängenden Wassermassen. **38.** Wirksame Antithese.

11 Klafft hinunter ein gähnender Spalt,
40 Grundlos, als ging's in den Höllenraum,
Und reißend sieht man die brandenden Wogen
Hinab in den strudelnden Trichter gezogen.

Jetzt schnell, eh' die Brandung wiederkehrt,
Der Jüngling sich Gott befiehlt,
45 Und — ein Schrei des Entsetzens wird rings gehört —
Und schon hat ihn der Wirbel hinweggespült,
Und geheimnisvoll über dem kühnen Schwimmer
Schließt sich der Rachen; er zeigt sich nimmer.

Und stille wird's über dem Wasserschlund;
50 In der Tiefe nur brauset es hohl.
Und bebend hört man von Mund zu Mund:
„Hochherziger Jüngling, fahre wohl!"
Und hohler und hohler hört man's heulen,
Und es harrt noch mit bangem, mit schrecklichem Weilen.

55 „Und wärfst du die Krone selber hinein
Und sprächst: Wer mir bringet die Kron',

---

41. brandenden] (lat. aestuantes) an den hervorstehenden Klippen und Felsen sich brechenden und zurückprallenden; vgl. Tell I, 1, 116. 42. strudelnden] kreisförmig sich drehenden und dabei die Wasser in die Tiefe verschlingenden; vgl. Homer, Od. 12, 431: „Die schreckenvolle Charybdis . . . verschlang des Meeres salzige Fluten." 45. Die Handlung des Hinabtauchens und ihre Bedeutung wird durch Beschreibung des Eindrucks auf die Zuschauer lebendig veranschaulicht. 48. nimmer] nicht mehr (süddeutsch). **49—66:** Der Menge ängstliches Harren und ihre Erwägung. 49 ff. Zu beachten ist das Ebenmaß (1 : 1; 2 : 2) in der Schilderung der Stimmung der Zuschauer einerseits und der Naturerscheinung anderseits. 51. von Mund zu Mund] aus jedem Munde. 53. stark hervortretende Lautmalerei und Alliteration. — man's] Der Dichter bezeichnet hier und an mehreren andern Stellen die wirkende Ursache gar nicht durch ein bestimmtes Subjekt, sondern bloß durch „es" und läßt hierdurch der erregten Phantasie einen unendlichen Spielraum (hier zur Ausmalung des Entsetzlichen). Vgl. z 10, 41. 54. Sinn: Beängstigend wirkt es, daß die in der Tiefe heulenden Wasser noch immer zögern „heraufzurauschen" (V. 161). 55 ff. Die die Pause ausfüllende Betrachtung der Menge wirkt wie der Chorgesang der alten Tragödie und hebt die Bedeutung der Handlung.

Der Taucher.

Er soll sie tragen und König sein —
Mich gelüstete nicht nach dem teuren Lohn.
Was die heulende Tiefe da unten verhehle,
60 Das erzählt keine lebende glückliche Seele.

Wohl manches Fahrzeug, vom Strudel gefaßt,
Schoß gäh in die Tiefe hinab;
Doch zerschmettert nur rangen sich Kiel und Mast
Hervor aus dem alles verschlingenden Grab." —
65 Und heller und heller, wie Sturmes Sausen,
Hört man's näher und immer näher brausen.

Und es wallet und siedet und brauset und zischt,
Wie wenn Wasser mit Feuer sich mengt;
Bis zum Himmel spritzet der dampfende Gischt,
70 Und Well' auf Well' sich ohn' Ende drängt,
Und wie mit des fernen Donners Getose
Entstürzt es brüllend dem finstern Schoße.

Und sieh! aus dem finster flutenden Schoß,
Da hebet sich's schwanenweiß,
75 Und ein Arm und ein glänzender Nacken wird bloß,
Und es rudert mit Kraft und mit emsigem Fleiß,
Und er ist's, und hoch in seiner Linken
Schwingt er den Becher mit freudigem Winken.

Und atmete lang' und atmete tief
80 Und begrüßte das himmlische Licht.

58. teuren] zu teuer erkauften. 60. keine ... Seele] niemand; vgl.: keine menschliche, sterbliche, Christen=, Menschenseele. 62. gäh] Das g ist etymologisch richtig; mhd. (Adj.): gæhe (mhd. Adverb gâch); vgl. Schiller, Tell IV, 1, 97. 63 f. Nach Homer, Od. 12, 437 f. 65. heller und heller] Gegensatz zu V. 53. **67—90:** Die wiederkehrenden Wasser und die Wiederkehr des Jünglings. 67 ff. Ganz nach der Weise Homers, der gleiche oder ähnliche Erscheinungen mit gleichlautenden Versen darstellt. 73 f. finster ... schwanenweiß] wirksamer Gegensatz; vgl. V. 38. — sich's] Das unbestimmte „es" ist hier (wie auch noch in V. 76) ganz am Platze. 75. ein Arm] der rechte. 77 f. er ist's] Die Spannung der Erwartung ist gelöst, sobald sein Haupt aus den Fluten emportaucht. In V. 77 anapästischer, in V. 78 daktylischer Rhythmus.

11 Mit Frohlocken es einer dem andern rief:
„Er lebt! Er ist da! Es behielt ihn nicht!
Aus dem Grab, aus der strudelnden Wasserhöhle
Hat der Brave gerettet die lebende Seele!"

85 Und er kommt; es umringt ihn die jubelnde Schar.
Zu des Königs Füßen er sinkt;
Den Becher reicht er ihm knieend dar,
Und der König der lieblichen Tochter winkt;
Die füllt ihn mit funkelndem Wein bis zum Rande,
90 Und der Jüngling sich also zum König wandte:

„Lang' lebe der König! Es freue sich,
Wer da atmet im rosichten Licht!
Da unten aber ist's fürchterlich,
Und der Mensch versuche die Götter nicht
95 Und begehre nimmer und nimmer zu schauen,
Was sie gnädig bedecken mit Nacht und Grauen!

„Es riß mich hinunter blitzesschnell;
Da stürzt' mir aus felsichtem Schacht
Wildflutend entgegen ein reißender Quell;
100 Mich packte des Doppelstroms wütende Macht,
Und wie einen Kreisel mit schwindelndem Drehen
Trieb mich's um, ich konnte nicht widerstehen.

„Da zeigte mir Gott, zu dem ich rief,
In der höchsten schrecklichen Not,

---

81. rief] zurief. 82. Es] Die unheimliche, grausige Tiefe; vgl. z. 10, 41. 83. Grab] Vgl. V. 64. 84. die lebende Seele] sein Leben (sich). 88. Das Auftreten der Königstochter, deren Gegenwart bisher nicht erwähnt ist, bereitet Späteres (V. 139 ff.) vor. 89. mit funkelndem Wein] (γερουσίῳ) αἴθοπι οἴνῳ. Vgl. Homer, Jl. 4, 259. **91—132: Des Knappen Rede und Bericht.** 92. rosicht] erscheint das Licht dem Taucher, wenn er aus der grün schimmernden Tiefe emportaucht. 94. versuche] (= in vermessenem Vertrauen ihre Güte auf die Probe stellen) wie Tell III, 1, 66. — Götter] Heidnische und christliche Vorstellungen (vgl. V. 44; 103) sind vermischt, wie mehrfach bei Schiller (z. B. in der Braut v. Mess.). 96. gnädig] zu Nutz und Frommen der Menschheit. 100. Doppelstroms] der seitwärts (aus dem „Schacht") hervorquellende Nebenstrom und der nach unten treibende Hauptstrom.

105 Aus der Tiefe ragend ein Felsenriff;
Das erfaßt' ich behend und entrann dem Tod.
Und da hing auch der Becher an spitzen Korallen:
Sonst wär' er ins Bodenlose gefallen.

„Denn unter mir lag's noch bergetief
110 In purpurner Finsternis da,
Und ob's hier dem Ohre gleich ewig schlief,
Das Auge mit Schaudern hinunter sah,
Wie's von Salamandern und Molchen und Drachen
Sich regt' in dem furchtbaren Höllenrachen.

115 „Schwarz wimmelten da, in grausem Gemisch,
Zu scheußlichen Klumpen geballt,
Der stachlichte Roche, der Klippenfisch,
Des Hammers greuliche Ungestalt,
Und dräuend wies mir die grimmigen Zähne
120 Der entsetzliche Hai, des Meeres Hyäne.

11

---

108. Sonst] wenn die spitzen Korallen ihn nicht zufällig gehalten hätten; trotzdem ist der Jüngling vermessen genug, zum zweiten= male in die Tiefe zu tauchen. 109. Denn] im Anschluß an den Ausdruck: „ins Bodenlose". 110. purpurner] „Das Beiwort ist gar nicht müßig: der Taucher sieht wirklich unter der Glasglocke die Lichter grün und die Schatten purpurfarben." Schiller an Körner. 111. Obgleich das Ohr keinen Laut wahrnahm (entweder weil das Ohr in der Tiefe des Meeres nie einen Laut vernehmen kann — was nicht mit der Wirklichkeit stimmt — oder weil die dort lebenden Tiere keine Stimme haben). 113 f. Der Dichter wählte, unbekümmert um die Widersprüche der Zoologen, Tiernamen, an die sich grausige Vor= stellungen knüpfen. — Höllenrachen] Vgl. V. 40. 117. Rochen sind platte, scheibenförmige Fische mit dünnem, langem Schwanz. Der Stachelroche lebt in nordischen Meeren; im Mittelmeer besonders leben die durch ihre Schwanzstacheln gefährlichen Stechrochen. — Klippenfisch] Der Klippfisch oder Kabliau kommt im Mittelmeere nicht vor; Schiller dachte sich offenbar den Fisch anders, als er in Wirk= lichkeit ist. 118. Die zur Gattung der Haifische gehörigen Hammer= fische haben ihren Namen von dem an beiden Seiten hammerartig hervorragenden Kopf; sie leben auch im Mittelmeere. 120. Hai] Gemeint ist der sehr gefräßige Riesen= oder Menschenhai; er greift lebende Menschen seltener an, seine liebste Beute sind Leichen; die Vergleichung mit der Hyäne, der Leichenräuberin schlechthin, ist daher recht passend.

11   „Und da hing ich und war's mir mit Grausen bewußt,
Von der menschlichen Hilfe so weit,
Unter Larven die einzige fühlende Brust,
Allein in der gräßlichen Einsamkeit,
125 Tief unter dem Schall der menschlichen Rede
Bei den Ungeheuern der traurigen Öde.

„Und schaudernd dacht' ich's; da kroch's heran,
Regte hundert Gelenke zugleich,
Will schnappen nach mir; in des Schreckens Wahn
130 Laß ich los der Koralle umklammerten Zweig.
Gleich faßt mich der Strudel mit rasendem Toben;
Doch es war mir zum Heil: er riß mich nach oben."

Der König darob sich verwundert schier
Und spricht: „Der Becher ist dein,
135 Und diesen Ring noch bestimm' ich dir,
Geschmückt mit dem köstlichsten Edelgestein,
Versuchst du's noch einmal und bringst mir Kunde,
Was du sahst auf des Meers tiefunterstem Grunde."

Das hörte die Tochter mit weichem Gefühl,
140 Und mit schmeichelndem Munde sie fleht:
„Laßt, Vater, genug sein das grausame Spiel!
Er hat Euch bestanden, was keiner besteht.
Und könnt Ihr des Herzens Gelüsten nicht zähmen,
So mögen die Ritter den Knappen beschämen!"

---

121. 's] Genitiv.   123. Larven] v. lat. larva „Gespenst", „schreckende Maske".   127. kroch's] näml.: das entsetzlichste aller Ungeheuer. Der Dichter meint den fabelhaften Riesenpolypen der Alten; vgl. z. V. 53.   129. in des Schreckens Wahn] in blindem, sinnlosem Schrecken.   **133—150**: Der König, der seine Wißbegierde befriedigen will, bestimmt seine Tochter als Preis für die Wiederholung des Wagnisses.   133. schier] Es giebt ein doppeltes „schier": 1. ein oberdeutsches Adverb = bald, fast; 2. ein niederdeutsches Adjektiv = rein („schiere Milch" bei Bürger) und Adverb = ganz und gar: dieses letztere paßt hier. Schiller hat es vielleicht von Voß herübergenommen.   139. mit weichem Gefühl] Attribut zu „Tochter".   142. Euch] ethischer Dativ.   143. Gelüsten] Vgl. 18, 132; 19, 114.   144. beschämen] Die Ritter mögen dem Knappen zeigen, daß sie es besser können als er, ihm also überlegen sind.

Der Taucher.

145 Drauf der König greift nach dem Becher schnell,   11
In den Strudel ihn schleudert hinein:
„Und schaffst du den Becher mir wieder zur Stell',
So sollst du der trefflichste Ritter mir sein,
Und sollst sie als Eh'gemahl heut noch umarmen,
150 Die jetzt für dich bittet mit zartem Erbarmen."

Da ergreift's ihm die Seele mit Himmelsgewalt,
Und es blitzt aus den Augen ihm kühn,
Und er siehet erröten die schöne Gestalt
Und sieht sie erbleichen und sinken hin;
155 Da treibt's ihn, den köstlichen Preis zu erwerben,
Und stürzt hinunter auf Leben und Sterben.

Wohl hört man die Brandung, wohl kehrt sie zurück,
Sie verkündigt der donnernde Schall;
Da bückt sich's hinunter mit liebendem Blick:
160 Es kommen, es kommen die Wasser all;
Sie rauschen herauf, sie rauschen nieder —
Den Jüngling bringt keines wieder.

---

148. trefflichste] höchstgeehrte.   **149.** als Eh'gemahl] kann der Form nach Nominativ und Accusativ (= Eh'gemahlin) sein; die Stellung spricht für den Accus.   **150.** Die erwachende Liebe seiner Tochter hat der König trotz seiner Leidenschaftlichkeit bemerkt. — zartem] zärtlichem, liebevollem. **151—162: Des Knappen Untergang infolge seiner Vermessenheit.**   **153 f.** Das „Erröten" ist ein Zeichen ihrer Liebe, das „Erbleichen" ein Beweis ihrer verzweifelnden Angst.   **156.** auf Leben und Sterben] das Leben einsetzend.   **157 ff.** Gerade durch ihre Kürze ist die Schlußstrophe so ergreifend. Zu beachten sind auch die dumpfen Vokale und das r in den die Naturerscheinung beschreibenden Versen, die hellen Vokale in den V. V. 159 und 162 und endlich der Rhythmus; „durch die langsamer werdende rhythmische Bewegung ist das Hinsterben der Hoffnung und die Teilnahme des Herzens veranschaulicht".   **159.** sich's] „Selbst das Bekannte bekommt einen schauerlichen Anstrich, wenn es durch Worte verdeckt und zum Rätselhaften gemacht wird. Man fühlt dies deutlich bei dem „es" dieses Verses, der nur von der Königstochter reden kann." Hoffmeister. **162.** keines] der „heraufrauschenden" Wasser.

12. Der Handschuh.

Erzählung.

Vor seinem Löwengarten,
Das Kampfspiel zu erwarten,
Saß König Franz,
Und um ihn die Großen der Krone,
5 Und rings auf hohem Balkone
Die Damen in schönem Kranz.

---

12 Der Handschuh. Am 19. Juni 1797 vollendet; 1798 zuerst gedruckt. — Den Stoff fand Schiller in den „Essais historiques sur Paris de Monsieur de Saint Foix" (4. Ausg. 1766); vgl. Anhang. In einem Briefe an Goethe (Briefw. Nr. 326) nennt er das Gedicht „ein kleines Nachstück zum Taucher"; Goethe fand die Bezeichnung berechtigt; in seinem Antwortschreiben (Brief Nr. 327) kam er darauf zurück und bestimmte sie noch genauer dahin, daß er sagte, der „Handschuh" mache „wirklich ein artiges Nach= und Gegenstück zum ‚Taucher' und erhöhe durch sein eigenes Verdienst das Verdienst dieser Dichtung umsomehr". In beiden Gedichten geben sich die Helden einer überlegenen Naturkraft hin, der eine den Schrecken des Meeresstrudels, der andere dem Blutdurste wilder Bestien; in beiden erscheinen Ehre und Liebe als Triebfedern der Handlung: der Taucher erringt den Preis der Ehre, geht aber im leidenschaftlichen Ringen nach dem Preise der Liebe zu Grunde; der Ritter Delorges rettet seine Ehre dadurch, daß er sich von ehrenkränkendem Verdachte reinigt, verschmäht aber den Preis der durch Spott und Spiel mit dem Heiligsten verwirkten Liebe, indem er in dem Augenblicke, wo seine Ehre gerettet ist, sich entschieden von seiner Liebe zu einer Unwürdigen losreißt; in beiden erleidet frevelhafte Vermessenheit die gebührende Strafe — also in den Vorgängen sowohl als auch in den Beweggründen verwandte Züge. — Schiller nannte den „Handschuh" eine Erzählung; diese Bezeichnung scheint ihren Grund in der freien metrischen Form und in dem Mangel eines allgemeinen höheren Grundgedankens zu haben. — Ausgezeichnet ist „Der Handschuh", dieses „Tier= und Ritterstück", wie Körner das Gedicht nannte, durch eine edle, kräftige, wohllautende Sprache und vor allem durch plastische Darstellung (der furchtbaren Kampftiere).
1—6: Einleitung: Die des Kampfes harrenden Zuschauer.
1. Löwengarten] „Garten" (urverwandt mit griech. χόρτος, lat. hortus) urspr. = Einfriedigung, hier = „Zwinger" (V. 8); vgl. Stuttgart = Gehege für Pferdezucht. — Der König saß dem Löwenzwinger gerade gegenüber (in einer erhöhten Loge). **2. Kampfspiel**] Raubtierkämpfe (venationes) waren schon bei den Römern der Republik beliebt; so ließ Cäsar 400, Pompejus sogar 600 Löwen zugleich kämpfen. **3. König Franz**] I. von Frankreich (reg. 1515—1547). **4. der Krone**] des Reiches. **5. Balkon**] Galerie; vgl. „Altan" V. 44. Der Balkon ist höher als der Sitz des Königs.

Und wie er winkt mit dem Finger, 12
Auf thut sich der weite Zwinger,
Und hinein mit bedächtigem Schritt
10 Ein Löwe tritt
Und sieht sich stumm
Rings um
Mit langem Gähnen,
Und schüttelt die Mähnen
15 Und streckt die Glieder
Und legt sich nieder.

Und der König winkt wieder;
Da öffnet sich behend
Ein zweites Thor;
20 Daraus rennt
Mit wildem Sprunge
Ein Tiger hervor.
Wie der den Löwen erschaut,
Brüllt er laut,
25 Schlägt mit dem Schweif
Einen furchtbaren Reif
Und reckt die Zunge,
Und im Kreise scheu
Umgeht er den Leu,
30 Grimmig schnurrend;
Drauf streckt er sich murrend
Zur Seite nieder.

7—43: Das Tierstück (Eintritt des Löwen 7—16, des Tigers 17—32, der Leoparden 33—43). **7. Und]** Vgl. V. 17, 33, 48, 53, 58. **8. Auf thut]** Die Inversion im Nachsatze ist wirksam angewandt. **13. langem]** von dem einmaligen, lange andauernden krampfhaften Aufsperren des weiten Rachens zu verstehen. **16 f.** Gedanklich getrennte Partieen sind (wie in den Kurzzeilen des mhd. Kunstepos) durch den Reim verbunden; vgl. V. 32 f.; 52 f. **20 ff.** Des Tigers leicht erregbare Natur ist im Gegensatze zu dem gemessenen Wesen des Löwen V. 9 ff. geschildert. **26. Reif]** Kreis. **27. reckt die Zunge]** um die Barthaare zu lecken. **29. Leu]** Die Kasusendung ist abgestreift; vgl. V. 46. **30. schnurrend]** bezeichnend für das zitternde Brummen der ingrimmigen, blutlechzenden, dabei feigen Tigerkatze. **32. Zur Seite]** des Löwen.

12

  Und der König winkt wieder;
 Da speit das doppelt geöffnete Haus
35 Zwei Leoparden auf einmal aus;
 Die stürzen mit mutiger Kampfbegier
 Auf das Tigertier;
 Das packt sie mit seinen grimmigen Tatzen,
 Und der Leu mit Gebrüll
40 Richtet sich auf, da wird's still;
 Und herum im Kreis,
 Von Mordsucht heiß,
 Lagern sich die greulichen Katzen.

  Da fällt von des Altans Rand
45 Ein Handschuh von schöner Hand
 Zwischen den Tiger und den Leun
 Mitten hinein.

  Und zu Ritter Delorges spottenderweis
 Wendet sich Fräulein Kunigund:
50 „Herr Ritter, ist Eure Lieb' so heiß,
 Wie Ihr mir's schwört zu jeder Stund',
 Ei, so hebt mir den Handschuh auf!"

  Und der Ritter in schnellem Lauf
 Steigt hinab in den furchtbaren Zwinger
55 Mit festem Schritte,
 Und aus der Ungeheuer Mitte
 Nimmt er den Handschuh mit keckem Finger.

---

34 f. speit ... aus] Die aus den beiden zugleich geöffneten Thüren des Hauses ungestüm hervorspringenden Raubtiere scheinen von diesem gewaltsam ausgestoßen, gleichsam herausgespieen zu werden; vgl. A. v. Droste, Der Strandwächter: „Drunten die See, das wüste Getier, Das Haie speit und Piraten" und Vergil (Georg. 2, 462): „domus ... salutantum ... vomit ... undam." **40. da wird's still]** Die drei mordsüchtigen Bestien sind eingeschüchtert durch den drohenden Donnerruf des sich emporrichtenden Königs der Tiere. **43. Katzen]** die beiden Leoparden und der Tiger. **44—67: Das Ritterstück.** (Kunigund fordert Liebloses als Beweis der Liebe; ihre Forderung wird zwar erfüllt, sie erntet aber für ihre Herzlosigkeit Schimpf und Verachtung.) **45. von schöner Hand]** von der Hand einer Dame. **48. Delorges]** dreisilbig zu lesen. **52. Ei]** im herausfordernden, höhnischen Tone gesprochen. **55. mit Kaltblütigkeit und Selbstgefühl. 57. keckem]** Schiller gebraucht

Und mit Erstaunen und mit Grauen
Sehen's die Ritter und Edelfrauen,
60 Und gelassen bringt er den Handschuh zurück.
Da schallt ihm sein Lob aus jedem Munde;
Aber mit zärtlichem Liebesblick —
Er verheißt ihm sein nahes Glück —
Empfängt ihn Fräulein Kunigunde.
65 Und er wirft ihr den Handschuh ins Gesicht:
„Den Dank, Dame, begehr' ich nicht!"
Und verläßt sie zur selben Stunde.

13. Der Ring des Polykrates.
Ballade.

Er stand auf seines Daches Zinnen,
Er schaute mit vergnügten Sinnen
Auf das beherrschte Samos hin.

---

das Wort mit Vorliebe zur Bezeichnung übermäßig kühnen Wagens; vgl. Taucher V. 20; Picc. I, 2, 180 f.; 3, 57; Tell IV, 3, 224. **60. gelassen]** scheinbar mit kaltblütiger Ruhe, indem er die innere Erregung über die lieblose, frevelhafte Zumutung im Augenblicke noch bemeistert. — **bringt]** ist auf dem Wege zu bringen. **65.** Mit Anlehnung an die Quelle. Die urspr. Lesart: „Und der Ritter, sich tief verbeugend, spricht," die die Ruhe der gleichgültigen Verachtung andeutet, paßt weniger; denn die Kaltblütigkeit ist mit der Gefahr dahin, und der Zorn über die Hartherzige muß durch den „zärtlichen Liebesblick" erst recht entflammt werden. **66. Den]** unbetonter Artikel, nicht demonstrativisch.

Der Ring des Polykrates. Am 24. Juni 1797 vollendet, 1798 zuerst gedruckt. Quelle ist Herodot III, 39 ff.; vgl. Anhang. Aufmerksam auf diesen Stoff wurde Schiller wahrscheinlich durch Chr. Garves Abhandlung: „Über zwei Stellen des Herodot" („Polykrates" und „Krösus und Solon" [Herodot I, 29 ff.]) im 2. Bde. von dessen „Versuchen über verschiedene Gegenstände aus der Moral, der Litteratur..." (1796). — Die Ballade lehrt: im menschlichen Leben müssen Glück und Unglück miteinander abwechseln und sich das Gleichgewicht halten, weil alles große und überschwengliche Glück gegen die göttliche Ordnung ist; daraus ergiebt sich für den Menschen die Nutzanwendung, daß er mit seinen Ansprüchen an das Glück Maß zu halten habe. Mit dieser Lehre giebt Schiller eine hellenische, besonders Herodotische Anschauung wieder. Herodots gesamte Erzählung durchzieht nämlich der Gedanke, daß alle Geschichte das Ergebnis einer sittlichen, durch die Gottheit festgesetzten Weltordnung sei, die die Schicksale der Menschen regiere. Durch diese ewige Ordnung der Dinge sind dem Menschen bestimmte Schranken gesetzt; durchbricht er diese durch frevelhafte Selbstüberhebung (ὕβρις), d. h. nicht allein durch frevelhafte Thaten, sondern auch durch übermütige

13
"Dies alles ist mir unterthänig,"
5 Begann er zu Ägyptens König,
"Gestehe, daß ich glücklich bin!" —

"Du hast der Götter Gunst erfahren!
Die vormals deinesgleichen waren,
Sie zwingt jetzt deines Scepters Macht.
10 Doch einer lebt noch, sie zu rächen;
Dich kann mein Mund nicht glücklich sprechen,
Solang' des Feindes Auge wacht." —

Und eh' der König noch geendet,
Da stellt sich, von Milet gesendet,

Gesinnung, so verfällt er dem Neide der Gottheit ($\varphi\vartheta\acute{o}\nu o\varsigma\ \vartheta\varepsilon\tilde{\omega}\nu$), die ihn der göttlichen Vergeltung ($\nu\acute{\varepsilon}\mu\varepsilon\sigma\iota\varsigma$) anheimgiebt — Meisterhaft ist vor allem die Komposition des Gedichtes: der Schauplatz ist der Palast des Polykrates, die Zeit der Handlung ist auf zwei Tage eingeschränkt; die unheimlichen Glückszufälle, deren Zahl der Dichter vermehrt hat, sind in den Raum weniger Minuten zusammengedrängt; alles ist fast dramatisch bewegt. Goethe erkannte diese Vorzüge; denn er schrieb in dem 332. Briefe: „Der königliche Freund, vor dessen, wie vor des Zuhörers, Augen alles geschieht, und der Schluß, der die Erfüllung in der Schwebe läßt, alles ist sehr gut." **1—78: Der König auf dem Dache. 1—6: Polykrates rühmt sich seines Glückes. 1. Er]** Polykrates († 522). Weder er noch Amasis werden mit Namen genannt; ebensowenig werden sie näher charakterisiert, weil die beiden Personen kein selbständiges Interesse beanspruchen, sondern nur Träger des Grundgedankens sein sollen. — **stand ... Zinnen]** nach morgenländischer Sitte. **5.** Amasis (570—526) hatte sich ebenfalls wie Polykrates mit Gewalt des Thrones bemächtigt. **6.** Daß Polykrates sich für vollkommen glücklich hält, ist schon eine Überhebung; vgl. Herodot I, 34: „Kaum war Solon fort, so brachten die rächenden Götter schweres Unglück über Krösus, vermutlich, weil er sich selbst für den glücklichsten aller Menschen hielt." **7—24: Erster Einwand des Freundes („Fürchte den Feind deiner inneren Macht!") und Widerlegung durch das Schicksal (Tod des Feindes). 8 f.** Polykrates hatte die Aristokratie gestürzt und sich zum Tyrannen seiner Mitbürger gemacht. **10. einer]** ein bestimmter vornehmer Samier (Nebenbuhler oder Vorkämpfer der Republik). — **sie zu rächen]** ihnen wegen des Zwanges und der Erniedrigung, die sie von dir erduldet haben, Genugthuung zu verschaffen. **14. Milet]** lag nach Herodot mit Polykrates im Streite; von dieser Stadt aus führte, wie der Dichter anzunehmen scheint, „der Feind" (V. 12) Krieg gegen den „Tyrannen", und von dorther sandte auch Polydor den Brief.

15 Ein Bote dem Tyrannen dar:
„Laß, Herr, des Opfers Düfte steigen,
Und mit des Lorbeers muntern Zweigen
Bekränze dir dein festlich Haar!

„Getroffen sank dein Feind vom Speere;
20 Mich sendet mit der frohen Märe
Dein treuer Feldherr Polydor —"
Und nimmt aus einem schwarzen Becken,
Noch blutig, zu der beiden Schrecken
Ein wohlbekanntes Haupt hervor.

25 Der König tritt zurück mit Grauen.
„Doch warn' ich dich, dem Glück zu trauen,"
Versetzt er mit besorgtem Blick.
„Bedenk, auf ungetreuen Wellen —
Wie leicht kann sie der Sturm zerschellen! —
30 Schwimmt deiner Flotte zweifelnd Glück."

Und eh' er noch das Wort gesprochen,
Hat ihn der Jubel unterbrochen,
Der von der Reede jauchzend schallt.

---

15. Tyrannen] „Tyrann" ist hier gebraucht im Sinne der Griechen, die darunter den unumschränkten, nicht vom Volke gewählten Herrscher, besonders den verstehen, der sich in einem freien Staate durch Umsturz der Verfassung der Herrschaft bemächtigt hat.   17. muntern] die freudige, siegesfrohe Stimmung bekundenden; vgl. An die Freunde V. 20: „Grünet doch, die Schläfe zu bekrönen, Uns der Rebe muntres Laub."
18. dein festlich Haar] festlich dir das Haar.   20. Märe] Botschaft.
21. Polydor] willkürlich gewählter Name.   23. blutig] zu „Haupt"; Stellung des Attributes sehr frei. — zu der beiden Schrecken] Beide empfinden ein Grausen bei dem Anblicke des bluttriefenden Hauptes.
25—36: Zweiter Einwand (Gefahr der Handelsflotte), Widerlegung (glückliche Heimkehr der Schiffe).   25. mit Grauen] vor diesem Glückszeichen oder vor dem Anblick? Im ersten Falle ist das „Grauen" verfrüht (vgl. V. 52), im zweiten unnötig (vgl. V. 23).
26. Doch] trotz des Glückszeichens.   28. ungetreuen] weil ihnen nicht zu trauen ist.   29. sie] vorwärts weisend auf „Flotte".   30. deiner Flotte...] deine Flotte, deren Glück zweifelhaft ist. — gesprochen] ausgesprochen, (die Rede) beendigt.   32 f. Daß die Freunde von ihrem freien Standpunkte das Herannahen der Flotte nicht merkten, ist dadurch erklärlich, daß sie bei der Ankunft des Boten ihre Aufmerksamkeit vom Meere abgewandt hatten.   33. Reede] sicherer Ankerplatz zur Befrachtung und Entladung.

13 Mit fremden Schätzen reich beladen,
35 Kehrt zu den heimischen Gestaden
Der Schiffe mastenreicher Wald.

Der königliche Gast erstaunet:
„Dein Glück ist heute gut gelaunet;
Doch fürchte seinen Unbestand!
40 Der Kreter waffenkund'ge Scharen
Bedräuen dich mit Kriegsgefahren;
Schon nahe sind sie diesem Strand."

Und eh' ihm noch das Wort entfallen,
Da sieht man's von den Schiffen wallen,
45 Und tausend Stimmen rufen: „Sieg!
Von Feindesnot sind wir befreiet:
Die Kreter hat der Sturm zerstreuet;
Vorbei, geendet ist der Krieg!"

Das hört der Gastfreund mit Entsetzen:
50 „Fürwahr, ich muß dich glücklich schätzen!
Doch," spricht er, „zittr' ich für dein Heil.
Mir grauet vor der Götter Neide;
Des Lebens ungemischte Freude
Ward keinem Irdischen zuteil.

55 „Auch mir ist alles wohl geraten;
Bei allen meinen Herrscherthaten

---

34. **Mit fremden Schätzen**] mit den kostbaren Erzeugnissen fremder Länder. **37—48**: Dritter Einwand (äußere Feinde), Widerlegung (Nachricht ihrer Besiegung). **40.** Urspr. LA.: „Der Sparter nie besiegte Scharen." — Bei seiner glücklichen Lage als Angelpunkt dreier Weltteile und bei seinem Hafenreichtume verfügte Kreta schon in frühester Zeit, besonders unter Minos, über eine bedeutende Seemacht. **43. entfallen**] sonst vom unbedachtsam gesprochenen Worte gebraucht. **44. 's**] Siegeszeichen: Fahnen und geschwenkte Tücher. **46.** Vgl. Tell V, 1, 104. **49—78**: Des Amasis bange Furcht und sein wohlgemeinter Rat, der von Polykrates befolgt wird. **52.** Vgl. Herodot I, 32: τὸ θεῖον φθονερόν. Vgl. Wall. Tod I, 7, 217. **53. ungemischte**] Bild vom Weine (vinum merum) entlehnt: rein, lauter, ungetrübt. — Vgl. Wall. Tod V, 4, 63 f.: „Furcht soll das Haupt des Glücklichen umschweben, Denn ewig wanket des Geschickes Wage." J. v. Orl. III, 9, 23 f. **54. Ward**] ward bis heute; gnomisches Präteritum. **55.** Vgl. Herodot III, 10: „Amasis

Begleitet mich des Himmels Huld;
Doch hatt' ich einen teuren Erben,
Den nahm mir Gott, ich sah ihn sterben;
60 Dem Glück bezahlt' ich meine Schuld.

„Drum, willst du dich vor Leid bewahren,
So flehe zu den Unsichtbaren,
Daß sie zum Glück den Schmerz verleihn!
Noch keinen sah ich fröhlich enden,
65 Auf den mit immer vollen Händen
Die Götter ihre Gaben streun.

„Und wenn's die Götter nicht gewähren,
So acht' auf eines Freundes Lehren
Und rufe selbst das Unglück her;
70 Und was von allen deinen Schätzen
Dein Herz am höchsten mag ergetzen,
Das nimm und wirf's in dieses Meer!"

Und jener spricht, von Furcht beweget:
„Von allem, was die Insel heget,
75 Ist dieser Ring mein höchstes Gut.

---

war gestorben, nachdem er König gewesen 44 Jahr. In dieser Zeit ist ihm kein erhebliches Unglück widerfahren." 58 f. Erfindung des Dichters. Des Amasis Nachfolger war sein Sohn Psammenitos. — Der Schmerz der Erinnerung (die Rührung) läßt ihn kurze Sätze sprechen. 60. Glück] Geschick. Großes Glück muß durch großes Unglück aufgewogen werden. 61. Drum] schließt sich an V. 54. — Leid] euphemistisch (absichtlich milder Ausdruck): vor dem Allerschlimmsten; gemeint ist also ein sehr hoher Grad des Leid(en)s im Gegensatze zu Schmerz (V. 63). 64. Vgl. Herodot VII, 203: „Es giebt keinen Menschen und wird auch keinen geben, dem niemals in seinem Leben ein Unglück widerfahren, und zwar dem größten das größte"; ferner ebd. 10: „Siehst du, wie der Gottheit Donner immer die übermütigen Wesen trifft und sie nicht in ihrem Übermute sich erheben läßt? Siehst du, wie ihre Blitze immer in die größten Gebäude und in die höchsten Bäume herabgeschleudert werden? Denn die Gottheit pflegt alles zu zertrümmern, was sich erhebt." Livius läßt (30, 30) Hannibal sagen: Maximae cuique fortunae minime credendum est. 67. 's] „zum Glück den Schmerz." 69. Vgl. Wall. Tod V, 4, 66 ff.: „Wohl weiß ich, daß die ird'schen Dinge wechseln, Die bösen Götter fordern ihren Zoll. Das mußten schon die alten Heidenvölker, Drum wählten sie sich selbst freiwill'ges Unheil, Die eifersücht'ge Gottheit zu versöhnen."
75. Ring] Siegelring, eine Gemme mit vertieft eingeschnittener Figur,

13
>Ihn will ich den Erinnen weihen,
Ob sie mein Glück mir dann verzeihen."
Und wirft das Kleinod in die Flut.

Und bei des nächsten Morgens Lichte,
80 Da tritt mit fröhlichem Gesichte
Ein Fischer vor den Fürsten hin:
„Herr, diesen Fisch hab' ich gefangen,
Wie keiner noch ins Netz gegangen;
Dir zum Geschenke bring' ich ihn."

85 Und als der Koch den Fisch zerteilet,
Kommt er bestürzt herbeigeeilet
Und ruft mit hocherstauntem Blick:
„Sieh, Herr, den Ring, den du getragen,
Ihn fand ich in des Fisches Magen;
90 O, ohne Grenzen ist dein Glück!"

Hier wendet sich der Gast mit Grauen:
„So kann ich hier nicht ferner hausen;
Mein Freund kannst du nicht weiter sein.
Die Götter wollen dein Verderben;
95 Fort eil' ich, nicht mit dir zu sterben."
Und sprach's und schiffte schnell sich ein.

---

ein Intaglio. Solche Edelsteine hatten oft einen ungeheuern Wert.
76. Erinnen] für: Erinnyen. Diese erscheinen hier als Vollstreckerinnen der Götterrache (νέμεσις) überhaupt, während sie sonst vorzüglich die Rächerinnen der an den nächsten Angehörigen und gottgeweihten Personen verübten Frevel sind. 77. Das Übermaß des Glückes ist als persönliche Schuld betrachtet. **79—96: Der König im Palaste.** — Des Polykrates Opfer wird verschmäht; deshalb ist er offenbar dem Neide der Götter verfallen, und sein Verderben ist unabwendbar. 82. diesen ... gefangen] Dieser Fisch, den ich gefangen, ist so ungewöhnlich groß und schön, wie... 84. Folgerung aus 82 f. 86. bestürzt] hier nach älterem Sprachgebrauche ohne den Nebenbegriff des Schrecks: überrascht. 90. Noch einmal wird der Grundton des Gedichtes voll und kräftig angeschlagen, wodurch die Schlußstrophe desto wirksamer hervortritt, indem sie besonders den Grund des „Grauens" lebendig zum Bewußtsein bringt. 92. hausen] als Gast verweilen. 96. Und sprach's] Man erwartet: „Er sprach's." Vielleicht hat Schiller mit dem doppelten „und" die unmittelbare Folge betonen wollen.

14. Ritter Toggenburg.
Ballade.

„Ritter, treue Schwesterliebe
  Widmet Euch dies Herz;
Fordert keine andre Liebe;
  Denn es macht mir Schmerz.
5 Ruhig mag ich Euch erscheinen,
  Ruhig gehen sehn.
Eurer Augen stilles Weinen
  Kann ich nicht verstehn."

Und er hört's mit stummem Harme,
10 Reißt sich blutend los,

Ritter Toggenburg. Am 31. Juli 1797 beendigt, 1798 zuerst erschienen. Woher der Dichter den Stoff entlehnt hat, ist nicht bekannt: daß die Legende von der hl. Ida, der Gattin des Grafen Friedrich von Toggenburg, nicht zu Grunde liegen kann, darf als ausgemacht gelten. — Eine eigenartige Stellung nimmt der „Ritter Togg." unter den übrigen Balladen ein wegen seines überwiegend sentimentalen Gehaltes und seines geringen Anteils an heroischen Elementen: während die andern Balladen in der Regel, um eine erhabene Idee zum lebendigsten Bewußtsein zu bringen, eine reich entwickelte, streng motivierte Handlung vor uns entfalten und somit mehr die Anschauung beschäftigen, redet unser Gedicht bei lückenhafter Motivierung der Begebenheiten ganz und gar die seelenvolle Sprache eines empfindungsreichen Gemütes. Deshalb waltet nicht so sehr eine Grundidee, als vielmehr ein **Grundgefühl** vor. Das Gedicht feiert die **Allgewalt reiner Liebe**, die, ohne je besessen zu haben und ohne Lohn zu erhoffen, still duldend entsagt und bis zum Tode treu verbleibt. Zu dem elegischen, fast düsteren Tone, worin der Sang von des Ritters hoffnungsloser Liebe sich ausprägt, steht die schlichte, natürliche Sprache und der ruhige, weiche Fluß der trochäischen Verse im besten Einklange. **1—24:** Der Schmerz des Ritters über seine Abweisung und sein Zug ins heilige Land. **2. dies Herz]** Subjekt. **3. andre Liebe]** die bräutliche Liebe; denn die Jungfrau hat sich ihrem Heilande angelobt (vgl. V. 38). **4. es macht mir Schmerz]** Euch die „andre Liebe" immer von neuem versagen zu müssen. **5 f. Mit** ruhigem Herzen kann („mag") ich Euch kommen („erscheinen") und gehen sehn. **7. stilles]** heimliches. **9. mit stummem Harme]** „Wohl kann die Brust den Schmerz verschlossen halten, (Doch stummes Glück erträgt die Seele nicht.)" Goethe, Tasso. **10 ff.** Zu beachten ist die mehrfache Anwendung des Asyndetons (zur Darstellung leidenschaftlicher Empfindung). — **sich blutend]** sich blutenden Herzens.

14   Preßt sie heftig in die Arme,
       Schwingt sich auf sein Roß,
      Schickt zu seinen Mannen allen
       In dem Lande Schweiz;
15 Nach dem heil'gen Grab sie wallen,
       Auf der Brust das Kreuz.

     Große Thaten dort geschehen
       Durch der Helden Arm:
     Ihrer Helme Büsche wehen
20   In der Feinde Schwarm;
     Und des Toggenburgers Name
       Schreckt den Muselmann;
     Doch das Herz von seinem Grame
       Nicht genesen kann.

25 Und ein Jahr hat er's getragen,
       Trägt's nicht länger mehr;
     Ruhe kann er nicht erjagen
       Und verläßt das Heer;
     Sieht ein Schiff an Joppes Strande,
30   Das die Segel bläht,
     Schiffet heim zum teuren Lande,
       Wo ihr Atem weht.

---

13. Mannen] Lehnsleuten. **14.** Anachronismus; zur Zeit der Kreuz=
züge gab es noch keine „Schweiz". Auch der Ausdruck befremdet; denn
man sagt zwar: „das Land Italien", aber schwerlich: „das Land
Schweiz", weil es „die Schweiz" heißt. — Die Grafschaft Toggenburg
lag im Thurgau. **16.** das Kreuz] Absoluter (unabhängiger) Accus.
zur Bezeichnung dessen, womit das Subjekt versehen ist, also der Präpos.
mit entsprechend; er steht nur mit einem adverbialen Zusatze. Vgl.
V. 55. **17.** dort] am heiligen Grabe, im heiligen Lande. **19.** Die
Lesart der Ausgaben: „Ihres Helmes" ist wohl ein von Schiller über=
sehener Druckfehler. **21.** Und] und besonders. **22.** Muselmann]
verderbt aus dem arabischen Nom. Plur.: „moslemûna" = die, welche
sich der Herrschaft (Gottes) ergeben haben, die Gläubigen. **25—48**:
Nach seiner Rückkehr erneute Hoffnungslosigkeit und stille,
fromme Entsagung. **25.** 's] das, was durch V. 23 f. angedeutet
ist: seinen tiefen Liebesgram. **27.** Ruhe] Genesung des Herzens von
dem Harme. **29.** Joppe, heute Jafa in Syrien, ehedem Haupt=
landungsplatz der Kreuzfahrer, noch jetzt als Hafen für Jerusalem von
Bedeutung. **30.** Das] Das Schiff ist belebt gedacht; vgl. V. 51 f.
32. Wo ... weht] Grund zu „teuren".

Ritter Toggenburg.

  Und an ihres Schlosses Pforte
   Klopft der Pilger an;
35 Ach! und mit dem Donnerworte
   Wird sie aufgethan:
  „Die Ihr suchet, trägt den Schleier,
   Ist des Himmels Braut;
  Gestern war des Tages Feier,
40 Der sie Gott getraut."

  Da verläffet er auf immer
   Seiner Väter Schloß;
  Seine Waffen sieht er nimmer,
   Noch sein treues Roß.
45 Von der Toggenburg hernieder
   Steigt er unbekannt;
  Denn es deckt die edeln Glieder
   Härenes Gewand.

  Und er baut sich eine Hütte,
50 Jener Gegend nah,
  Wo das Kloster aus der Mitte
   Düstrer Linden sah:

---

34. Pilger] „Kreuzpilger" (Lenau), Kreuzritter. **35. mit dem Donnerworte**] mit folgenden Worten, die wie ein Donner ihn nieder= schmettern. — Ähnliche Situationen sind im Volksliede nicht selten: vgl. Matthias, Volksl. 13, 29 ff.: „Und als er vor das Kloster kam, gar leise klopft er an: ‚Wo ist die jüngste nonne, die letzt ist kommen an?'... Sie kam heraus geschritten, schneeweiß war sie bekleidt, Ihr har war abgeschnitten, zur nonn war sie bereit." **38. des Himmels**] Christi. **40. Gott getraut**] mit Gott verbunden durch die klöster= lichen Gelübde; vgl. z. 17, 41. **41. verläffet**] unzuläffige Form: wenn nämlich im Präf. Ind. die 2. u. 3. Perf. einen andern Vokal haben als die erste, so ist der Wegfall des Flexions=e (Synkope) fest= stehende Regel. **43. sieht er nimmer**] will er nie mehr sehen, weil er dem Ritterleben ein für allemal entsagt hat. **46. unbekannt** unkenntlich. **47 f.** Das (Einsiedler=)Habit wird auf dem bloßen Leibe getragen. — Vgl. Uhland, Der Waller V. 35. **49—68**: Seine Hoffnung und seine Freude in dem einsiedlerischen Stillleben. **50. Gegend**] genauer wäre: Stelle. **52. Düster**] Das Beiwort aus der Stimmung des Toggenburgers zu erklären: vgl. 18, 82.

14

    Harrend von des Morgens Lichte
      Bis zu Abends Schein,
55 Stille Hoffnung im Gesichte,
      Saß er da allein.

    Blickte nach dem Kloster drüben,
      Blickte stundenlang
    Nach dem Fenster seiner Lieben,
60   Bis das Fenster klang,
    Bis die Liebliche sich zeigte,
      Bis das teure Bild
    Sich ins Thal herunterneigte,
      Ruhig, engelmild.

65 Und dann legt' er froh sich nieder,
      Schlief getröstet ein,
    Still sich freuend, wenn es wieder
      Morgen würde sein.
    Und so saß er viele Tage,
70   Saß viel Jahre lang,
    Harrend ohne Schmerz und Klage,
      Bis das Fenster klang,

    Bis die Liebliche sich zeigte,
      Bis das teure Bild
75 Sich ins Thal herunterneigte,
      Ruhig, engelmild.
    Und so saß er, eine Leiche,
      Eines Morgens da;
    Nach dem Fenster noch das bleiche,
80   Stille Antlitz sah.

---

54. Abends] Das Fehlen des Artikels befremdet. 55. Hoffnung] die Geliebte zu sehen. 57 ff. Die Wiederholungen in dieser Strophe, die auch die lautlichen Elemente aufs glücklichste verwertet, malen die Dauer der gleichen Erscheinungen, die dieses Dasein noch beleben. 63. herunterneigte] zum Gruße des Einsiedlers, in dem sie natürlich den Toggenburger nicht erkannte. 65. dann] dann jedesmal. 67. sich freuend, wenn] sich freuend auf die Zeit, wo. **69—80**: Sein friedliches Ende. 69 f. saß ... viel(e)] Vgl. z. 57 ff. **72—76** (= 60—64) die periodische Wiederkehr malend; vgl. z. 11, 67 ff. **80**. Stille] Ruhe und Seelenfrieden bekundende; Gegensatz zu 10 ff. — Mit dem Schlußaccorde vgl. den Schluß der dithmarsischen Sage vom „Licht der treuen Schwester" (bearbeitet von Bohsen, Bäßler u. a.).

15. Die Kraniche des Ibykus.
Ballade.

Zum Kampf der Wagen und Gesänge,
Der auf Korinthus' Landesenge
Der Griechen Stämme froh vereint,
Zog Ibykus, der Götterfreund.

Die Kraniche des Ibykus. Anfangs gedachte Goethe „die Kraniche des Ibykus" in einer Ballade zu behandeln; im Mai oder Juni 1797 muß er wohl Schiller von dieser seiner Absicht (vgl. Brief Nr. 331) in Kenntnis gesetzt haben; er kannte den Stoff aus der weit verbreiteten Sprichwörtersammlung Adagia des Erasmus, der unter „Ibyci grues" eine kurze Erklärung dieser sprichwörtlichen Redensart giebt und dabei auf ein Epigramm des Antipater von Sidon und eine Stelle des Plutarch (vgl. Anhang) verweist. Goethe, dessen Interesse an dem Stoffe mittlerweile nachgelassen hatte, trat ihn an seinen Freund ab; am 17. August schrieb dieser (Br. Nr. 357) an Goethe, der damals in Frankfurt weilte, also: „Endlich erhalten Sie den Ibykus. Möchten Sie damit zufrieden sein. Ich gestehe, daß ich bei näherer Besichtigung des Stoffs mehr Schwierigkeiten fand, als ich anfangs erwartete; indessen deucht mir, daß ich sie größtenteils überwunden habe. Die zwei Hauptpunkte, worauf es ankam, schienen mir: erstlich eine Kontinuität in die Erzählung zu bringen, welche die rohe Fabel nicht hatte, und zweitens die Stimmung für den Effekt zu erzeugen. Die letzte Hand habe ich noch nicht anlegen können, da ich erst gestern Abend fertig geworden." Goethe (Br. Nr. 358a) fand „die Kraniche des Ibykus sehr gut geraten, der Übergang zum Theater sei sehr schön, und der Chor der Eumeniden am rechten Platze". Gleichzeitig fügte er Verbesserungsvorschläge hinzu, die Schiller zu mehreren nicht unwesentlichen Veränderungen und Ergänzungen Anlaß gaben. In dieser neuen Gestalt schickte Sch. die Ballade an den in der Altertumswissenschaft bewanderten Gymnasialdirektor Böttiger, „um von ihm zu erfahren, ob sich nichts darin mit altgriechischen Gebräuchen im Widerspruch befinde" (Br. Nr. 363). Da Böttiger nichts einzuwenden hatte, wurde das Gedicht als vollendet betrachtet und im Musenalmanach für 1798 zusammen mit A. W. Schlegels „Arion" (vgl. Br. Nr. 363) gedruckt. — Der Ballade liegt als Hauptgedanke zu Grunde, daß die göttliche Gerechtigkeit den Bösewicht durch das lebendige Bewußtsein seiner Unthat entlarvt (vgl. die Sage von den Raben des heil. Meinrad, Chamissos „Die Sonne bringt es an den Tag" und Schillers Siegesfest V. 65 ff.); als Mittel, das zur Entlarvung der Missethäter beiträgt, wählte Schiller ein Motiv, das mit seinen eigentümlichsten Gedanken und Empfindungen innigst verflochten war, nämlich die Idee „von der Gewalt künstlerischer Darstellung über die menschliche Brust". Schon vor 8 Jahren hatte er in den Künstlern den Gedanken ausgesprochen: „Vom Eumenidenchor geschrecket, Zieht sich der Mord, auch nie entdecket, Das Los des Todes aus dem Lied." Allerdings ist nach Schillers eigener

15   5 Ihm schenkte des Gesanges Gabe,
      Der Lieder süßen Mund Apoll;
      So wandert' er an leichtem Stabe
      Aus Rhegium, des Gottes voll.

      Schon winkt auf hohem Bergesrücken
   10 Akrokorinth des Wandrers Blicken,
      Und in Poseidons Fichtenhain
      Tritt er mit frommem Schauder ein.

Auffassung (vgl. z. V. 155 ff.) die Wirkung des Eumenidensanges nicht so zu verstehen, als ob dadurch der Mörder im Augenblicke des Selbstverrates sich in dem Zustande innerer Zerknirschung befunden hätte; nein, dazu war er zu „roh"; vielmehr die Erinnerung, die durch das, was vor dem Verbrecher auf der Bühne geschah, aufs lebhafteste erregt worden ist, und dann ein äußerer Umstand verursachen es, daß er alle Vorsicht vergißt und das verhängnisvolle Geständnis der Blutthat über seine Lippen bringt. — Form und Aufbau des Gedichtes sind bei aller Einfachheit von höchster Kunst; besonders ist alles in den kleinsten Zeitraum gerückt und zusammengefaßt, die Teile sind fest verknüpft, die Übergänge unmerklich. **1—48:** Des Ibykus Ermordung; 1—24: Ibykus vor dem Überfalle (sein hoher Sinn), 25—48: Ibykus während des Überfalles (sein schwacher Arm). **1 ff.** Unter den 4 großen Nationalspielen der Griechen waren nach den olympischen die isthmischen vorzugsweise bedeutend; sie fanden auf dem korinthischen Isthmus in der Umfassung eines Fichtenhaines zu Ehren des Poseidon statt nach Verlauf von 2 Jahren, im ersten Jahre (zur Zeit des Sommers) und im dritten J. (zur Zeit des Frühlings) jeder Olympiade. Sie beschränkten sich in hellenischer Zeit auf gymnische Kämpfe. **3.** Der Griechen Stämme] Vgl. V. 91 ff. **4.** Ibykus] Lyrischer Dichter aus Rhegium, um 530 v. Chr. blühend. — Götterfreund] von den Göttern geliebt (vgl. Homer, Od. 8, 63 f.; 17, 518: 22, 347) und sie wieder liebend. **6.** Mund] metonym. für: Sprache. — Apoll] oder die Musen (vgl. Homer, Od. 8, 44; 63 f.; 488) verleihen die Sangeskunst. — Ovid (Met. 11, 8) nennt Orpheus „vates Apollineus" und spricht von dessen „vocalia ora". **8.** Rhegium] bedeutende griechische Handelsstadt an der Südwestspitze Italiens, Messina gegenüber; heute Reggio (spr. Reddscho) di Calabria. — des Gottes voll] voll dichterischer Begeisterung. **10.** Akrokorinth] die Burg von Korinth, im Süden der Stadt, war neben Magnesia und Chalkis eines der drei Bollwerke Griechenlands. **11.** Der Dichter schaltet frei mit den örtlichen Einzelheiten; zwischen dem 12 Stadien (2,2 kl) von der Stadt entfernten und durch Doppelmauern mit ihr verbundenen Hafen Lechaion, dem Landungsplatze des Ibykus, und der Stadt Korinth selbst konnte der Mordanfall nicht geschehen. — Der Fichtenhain Poseidons war bei der Stadt Schoinus am saronischen Meerbusen, 3 Stunden von Korinth entfernt. **12.** mit

Die Kraniche des Ibykus.

Nichts regt sich um ihn her; nur Schwärme 15
Von Kranichen begleiten ihn,
15 Die fernhin nach des Südens Wärme
In graulichtem Geschwader ziehn.

„Seid mir gegrüßt, befreund'te Scharen,
Die mir zur See Begleiter waren!
Zum guten Zeichen nehm' ich euch;
20 Mein Los, es ist dem euren gleich:
Von fernher kommen wir gezogen
Und flehen um ein wirtlich Dach.
Sei uns der Gastliche gewogen,
Der von dem Fremdling wehrt die Schmach!"

25 Und munter fördert er die Schritte
Und sieht sich in des Waldes Mitte;
Da sperren auf gedrangem Steg
Zwei Mörder plötzlich seinen Weg.
Zum Kampfe muß er sich bereiten;
30 Doch bald ermattet sinkt die Hand:
Sie hat der Leier zarte Saiten,
Doch nie des Bogens Kraft gespannt.

---

frommem Schauder] Der Gedanke an die Heiligkeit der Stätte dringt bei dem tiefen Schweigen der Waldeinsamkeit mit Macht auf ihn ein. **16. graulicht**] = graulich (gräulich). Die Farbe des Gefieders ist asch= grau; nur Kehle und Schwanzfedern sind schwarz gefärbt. Die Kraniche fliegen in der bekannten Hakenform; ihre Reise nach Süden fällt aber nicht in die Zeit der isthmischen Spiele. **18.** enthält die Begründung von „befreund'te". **19.** Der Flug größerer Vögel (besonders Raub= vögel) wurde für ein wichtiges (Wahr=)Zeichen gehalten und beobachtet, um Zukünftiges oder Verborgenes zu deuten. **23.** der Gastliche] Ζεὺς ξένιος, Zeus der Beschützer des Gastrechts, der die Verletzung der Gastfreundschaft rächt; vgl. Homer, Od. 9, 271. **24.** wehrt die Schmach] Ζεὺς ἀλεξίκακος, ἀποτρόπαιος. **25 f.** Vgl. L. v. d. Glocke V. 274 f. **27.** gedrangem] engem, schmalem; „gedrange" ist eigentlich Adverb zu einem von „dringen" gebildeten mhd. Adj. „gedrenge". — „Steg" ist nicht bloß eine schmale Brücke, sondern auch ein schmaler Weg (Fußsteig). — Vgl. 18, 68. **28.** Mörder] Raubmörder; vgl. V. 49. **29.** Sein einziges Verteidigungsmittel ist der Wanderstab; vgl. V. 7. **31 f.** Vgl. Goethe, Götz 1, 2, 133 ff. — Die Annahme, daß Ibykus als Grieche keine gymnastische Erziehung erhalten, ist auffällig. — des Bogens Kraft] den kräftigen Bogen; ähnliche Umschreibungen bei Schiller sehr häufig; vgl. 13, 9.

15 Er ruft die Menschen an, die Götter;
Sein Flehen dringt zu keinem Retter.
35 Wie weit er auch die Stimme schickt,
Nichts Lebendes wird hier erblickt.
„So muß ich hier verlassen sterben,
Auf fremdem Boden, unbeweint,
Durch böser Buben Hand verderben,
40 Wo auch kein Rächer mir erscheint!"

Und schwer getroffen sinkt er nieder.
Da rauscht der Kraniche Gefieder;
Er hört — schon kann er nicht mehr sehn —
Die nahen Stimmen furchtbar krähn.
45 „Von euch, ihr Kraniche dort oben,
Wenn keine andre Stimme spricht,
Sei meines Mordes Klag' erhoben!"
Er ruft es, und sein Auge bricht.

Der nackte Leichnam wird gefunden,
50 Und bald, obgleich entstellt von Wunden,
Erkennt der Gastfreund in Korinth
Die Züge, die ihm teuer sind.
„Und muß ich so dich wiederfinden,
Und hoffte mit der Fichte Kranz

---

33. die Götter] etwa Poseidon, Apollo, Zeus. **35.** Vgl. 18, 44 f. **37 ff.** So] also; Folgerung aus V. 36. — Vier Gründe machen ihm den Tod besonders bitter: der 1. Grund ist durch „hier", die übrigen 3 sind durch je einen der flg. VV. angedeutet. — unbeweint] „O, schwer ist's, in der Fremde sterben unbeweint." Jungfr. v. O. II, 7, 56. Vgl. Homer, Od. 11, 54; Il. 22, 386; Soph., Ant. 29 (ἄκλαυτος ἄθαπτος). — Wo] auf „hier" oder „Boden" zu beziehen; das letztere ist natürlicher. **44.** In der von Schiller mehrfach benutzten Krünitzschen Encyklopädie heißt es von den Kranichen: „Sie können ein **fürchterliches** Geschrei machen ... Ist man ihnen **nahe**, so wird man von ihrem Geschreie fast ganz übertäubt." **49—80:** Entdeckung des Mordes (49—64); vergebliches Suchen nach dem Mörder (65—80). **50.** entstellt] zu „Züge" gehörig; vgl. z. 13, 23. **51.** der Gastfreund] An einen Tyrannen (Periander) ist nicht zu denken: denn die Tyrannis war längst gestürzt. **53.** Und] im Beginne der Rede setzt voll und kräftig ein. Man denke sich, daß der Gastfreund eine Zeitlang mit seinen den Mord betreffenden Gedanken und Gefühlen beschäftigt gewesen ist, nun die Stimme erhebt und bei einem Hauptpunkte der Gedankenreihe laut zu sprechen anfängt. **54.** Und hoffte] und hoffte

Die Kraniche des Ibykus.

15

55 Des Sängers Schläfe zu umwinden,
Bestrahlt von seines Ruhmes Glanz!"

Und jammernd hören's alle Gäste,
Versammelt bei Poseidons Feste;
Ganz Griechenland ergreift der Schmerz,
60 Verloren hat ihn jedes Herz.
Und stürmend drängt sich zum Prytanen
Das Volk; es fordert seine Wut,
Zu rächen des Erschlagnen Manen,
Zu sühnen mit des Mörders Blut.

65 Doch wo die Spur, die aus der Menge,
Der Völker flutendem Gedränge,
Gelocket von der Spiele Pracht,
Den schwarzen Thäter kenntlich macht?
Sind's Räuber, die ihn feig erschlagen?
70 That's neidisch ein verborgner Feind?
Nur Helios vermag's zu sagen,
Der alles Irdische bescheint.

Er geht vielleicht mit frechem Schritte
Jetzt eben durch der Griechen Mitte,
75 Und während ihn die Rache sucht,
Genießt er seines Frevels Frucht.

---

doch, während ich doch hoffte. — Als Preise wurden bei den Isthmien Palmzweige, Kränze von Pinienzweigen oder von Eppich ausgeteilt. **56.** Bestrahlt] mitverklärt. „Es ist vorteilhaft, den Genius Bewirten: giebst du ihm ein Gastgeschenk, So läßt er dir ein schöneres zurück." Goethe, Tasso I, 1. **57 ff.** Beachte die Steigerung. **61.** Prytanen] Πρύτανις = Vorsteher; gemeint ist die höchste obrigkeitliche Person. **63.** Zu rächen] daß er (der Prytane) die Manen räche und sie dadurch versöhne. — Manen] Manes, die Guten, römische Bezeichnung für die Seele(n) des (der) Verstorbenen, die in der Unterwelt fortlebten und unsterblich gedacht wurden. **65 f.** aus der M....] aus der Menge der gleich den Wellen des Meeres sich drängenden Völker. **70.** ein verborgner Feind] heimtückisch ein eifersüchtiger Nebenbuhler. **71 f.** Vgl. Homer, Il. 3, 277: „Helios, der alles vernimmt und alles unschauet"; Ovid, Met. 2, 32. **75.** die Rache] der rächende Arm der Gerechtigkeit, der Strafrichter. **76.** Genießt er...] erfreut er sich der Vorteile, die ihm der Mord gebracht hat.

5*

15   Auf ihres eignen Tempels Schwelle
     Trotzt er vielleicht den Göttern, mengt
     Sich dreist in jene Menschenwelle,
  80 Die dort sich zum Theater drängt.

     Denn Bank an Bank gedränget sitzen —
     Es brechen fast der Bühne Stützen —
     Herbeigeströmt von fern und nah,
     Der Griechen Völker wartend da.
  85 Dumpfbrausend wie des Meeres Wogen,
     Von Menschen wimmelnd wächst der Bau
     In weiter stets geschweiftem Bogen
     Hinauf bis in des Himmels Blau.

     Wer zählt die Völker, nennt die Namen,
  90 Die gastlich hier zusammenkamen?
     Von Theseus' Stadt, von Aulis' Strand,
     Von Phocis, vom Spartanerland,

---

77 ff. Beachte besonders, wie geschickt und kunstvoll der Übergang zum Theater (wie später V. 97 der Übergang zum Chore) vermittelt (also „Kontinuität in die Erzählung" gebracht) ist.   80. Theater] Das griechische Theater, wie Schiller es sogar für die Zeit des Ibykus annimmt, umfaßte 3 Teile: den Zuschauerraum (τὸ θέατρον), die Bühne (ἡ σκηνή) und den zwischen beiden gelegenen Tanzplatz für den Chor (ἡ ὀρχήστρα). Dieser Tanzplatz war ursprünglich kreisrund, war aber dadurch verkleinert worden, daß man einen Teil desselben für das in langgestrecktem Rechteck sich hinziehende Bühnengebäude wegnahm. Zu beiden Seiten blieben zwischen dem Bühnengebäude und den Mauern des Zuschauerraumes zwei Zugänge, die πάροδοι, frei, durch die der Chor zu seinem Standorte gelangte. Die um den Tanzplatz sich herumziehenden Zuschauersitze stiegen stufenförmig in immer weiter schweifenden Halbkreisen hinter einander auf. Der Zuschauerraum war oben offen.   **81—184: Die Entdeckung der Mörder.** 81—144: Das Schauspiel als Mittel der „Stimmung für den Effekt"; 145—184: der Effekt (der Selbstverrat) selbst und seine Folgen.   82. Bühne] Der Dichter meint hier die Sitzreihen der Zuschauer. — Von dem ältesten Theater in Athen ist bekannt, daß es hölzerne Sitze und ein hölzernes Gerüste („Stützen") hatte.   85. Vgl. Homer, Jl. 2, 95.   86. wächst der Bau] füllen sich (schon) die oberen Sitzreihen der Emporbühne. — Das Dionysostheater in Athen soll gegen 30000 Menschen gefaßt haben.   88. Vgl. z. 11, 33.   91. Theseus' Stadt] Athen. — Aulis] in Böotien, bekannt als Sammelplatz der Flotte gegen Troja.

Von Asiens entlegner Küste,   15
Von allen Inseln kamen sie
95 Und horchen von dem Schaugerüste
Des Chores grauser Melodie,

Der, streng und ernst, nach alter Sitte,
Mit langsam abgemeßnem Schritte
Hervortritt aus dem Hintergrund,
100 Umwandelnd des Theaters Rund.
So schreiten keine ird'schen Weiber!
Die zeugete kein sterblich Haus!
Es steigt das Riesenmaß der Leiber
Hoch über Menschliches hinaus.

105   Ein schwarzer Mantel schlägt die Lenden;
Sie schwingen in entfleischten Händen
Der Fackel düsterrote Glut;
In ihren Wangen fließt kein Blut;
Und wo die Haare lieblich flattern,
110 Um Menschenstirnen freundlich wehn,
Da sieht man Schlangen hier und Nattern
Die giftgeschwollnen Bäuche blähn.

---

93. Asiens] Kleinasiens.   94. Inseln] Cykladen, Sporaden, jonischen Inseln.   96. Bei Äschylus betrug die Zahl der Chormitglieder (Choreuten) 12; Sophokles erhöhte sie auf 15, und Äschylus folgte ihm darin. Der Chor vertritt die öffentliche Meinung, das Volk, und stellt sich den Personen der Bühne ratend und warnend, teilnehmend und mitfühlend zur Seite. Bestimmte Ruhepunkte der Handlung füllt er durch Gesang und Tanz aus.   97 ff. Der tragische Chor hatte die Gestalt eines Vierecks; umfaßte er 15 Mitglieder, so bildeten je 5 eine Reihe; er zog also in 3 Reihen in die Orchestra ein. — „Die Diktion wächst nun zu einer feierlichen Pracht und verherrlicht sich endlich in der Schilderung und in der Geisterstimme der Furien zu einer furchtbaren, grausigen Majestät." Hoffmeister.   99. aus dem Hintergrund] thatsächlich nicht aus diesem, sondern aus den seitwärts gelegenen Zugängen ($\pi\alpha\rho o\delta o\iota$).   100. Umwandelnd] und alsdann umwandelt. Der Chor bewegte sich bei seinem Einzuge rund um den in der Mitte der Orchestra aufgestellten Opferaltar ($\vartheta\upsilon\mu\epsilon\lambda\eta$).   103 f. Schiller scheint auch bei den Choreuten die hohe Fußbekleidung der Schauspieler, den (tragischen) Kothurn, anzunehmen.   105. Zu der meisterhaften Schilderung der Eumeniden vgl. Ovid, Met. 4, 480 ff.; Verg., Än. 7, 324 ff.   106 f. entfleischten] fleischlosen, mageren, skelettartigen.   109 ff. Vgl. Ovid, ebd. V. 491 ff.

15 Und schauerlich, gedreht im Kreise,
Beginnen sie des Hymnus Weise,
115 Der durch das Herz zerreißend dringt,
Die Bande um den Sünder schlingt.
Besinnungraubend, herzbethörend
Schallt der Erinnyen Gesang;
Er schallt, des Hörers Mark verzehrend,
120 Und duldet nicht der Leier Klang:

„Wohl dem, der frei von Schuld und Fehle
Bewahrt die kindlich reine Seele!
Ihm dürfen wir nicht rächend nahn;
Er wandelt frei des Lebens Bahn.
125 Doch wehe, wehe, wer verstohlen
Des Mordes schwere That vollbracht!
Wir heften uns an seine Sohlen,
Das furchtbare Geschlecht der Nacht.

„Und glaubt er fliehend zu entspringen,
130 Geflügelt sind wir da, die Schlingen

113—120: Schiller benutzte für diese und die beiden folgenden Strophen einen Chorgesang aus Äschylus' (525—456 v. Chr.) „Eumeniden" nach der Übersetzung von W. v. Humboldt; dort singen die Eumeniden, nachdem sie den Muttermörder Orestes, der sich auf Apollos Geheiß zum Altar der Athene geflüchtet hat, wiedergefunden haben, unter anderem folgendes: „Sinneraubend, Herzzerrüttend, wahnsinnhauchend, Schallt der Hymnos der Erinnyen, Seelenfesselnd, sonder Leier Und des Hörers Mark verzehrend." — gedreht] sich drehend. 118. Erinnyen] Vgl. z. 13, 76. 120. Der Scholiast des Äschylus bemerkt zu dem ἀφόρμικτος des Textes: ‚οὐ γὰρ σὺν ὀργάνοις μουσικοῖς γίγνεται οὗτος ὁ ὕμνος.' 121—128: Bei Äschylus: „Denn wer in schuldloser Reinheit Seine Hände bewahret, Den besucht nie unser Zorn; Fern vom Unglück durchwallt er das Leben. Aber wer, wie dieser [Orest], frevelnd Hände des Mordes birgt, Dem gesellen wir uns rächend bei." 121 f. von Schuld und Fehle] von schweren und leichteren Versündigungen. — die kindlich reine Seele] die Reinheit und Unschuld des Kinderherzens. 125. wer] jedem, der. 128. Vgl. Vergil, Än. 7, 331; Ovid, Met. 4, 452; Äschylus: „Mutter, die du uns gebarest, Nacht . . ." 129—136: Bei Äschylus: „Plötzlich aus der Höhe stürzend, Hemmen wir des flücht'gen Bösewichts unsichern Schritt. Unter seiner Unthat Bürde Wankt in irrem Lauf sein Fuß, Und er sinkt . . ." „Dieses Los [ward] uns: Wessen Frevlerarm Mordend unschuldvolles Blut verspritzt, Dem zu folgen, bis er zu den Schatten walle. Aber sterbend Wird er nicht der Bande ledig." 130. Inversion. — Geflügelt] so geschwind, als hätten wir

Ihm werfend um den flücht'gen Fuß, 15
Daß er zu Boden fallen muß.
So jagen wir ihn ohn' Ermatten —
Versöhnen kann uns keine Reu' —
135 Ihn fort und fort bis zu den Schatten
Und geben ihn auch dort nicht frei."

So singend, tanzen sie den Reigen,
Und Stille, wie des Todes Schweigen,
Liegt überm ganzen Hause schwer,
140 Als ob die Gottheit nahe wär'.
Und feierlich, nach alter Sitte,
Umwandelnd des Theaters Rund,
Mit langsam abgemeßnem Schritte
Verschwinden sie im Hintergrund.

145 Und zwischen Trug und Wahrheit schwebet
Noch zweifelnd jede Brust und bebet
Und huldiget der furchtbarn Macht,
Die richtend im Verborgnen wacht,
Die unerforschlich, unergründet
150 Des Schicksals dunkeln Knäuel flicht,
Dem tiefen Herzen sich verkündet,
Doch fliehet vor dem Sonnenlicht.

Da hört man auf den höchsten Stufen
Auf einmal eine Stimme rufen:

Flügel. — die Schlingen . . .] sinnbildlich zu fassen. 134. „Grave et implacabile numen". Ovid, Met. 4, 452. 136. dort] Bei den Schatten, im Totenreiche wird die Erinnerung an den Frevel einen großen Teil seiner Qual bilden. 140. die Gottheit] die Nemesis (vgl. V. 147), deren Vertreterinnen die Eumeniden sind. 145. zwischen Trug und Wahrheit] zwischen der Ungewißheit, ob wirkliche Erinnyen oder nur Scheingebilde der Kunst; denn alle sind „innig getäuscht" durch das ernste „Spiel der täuschenden Kunst" (Goethe, Euphros. B. 36 u. 48). 147. huldiget] erkennt in ehrerbietiger Scheu (die Macht der vergeltenden Gerechtigkeit) an. 149. Die, ohne erforscht, ohne ergründet werden zu können. 150. „Sie bahnt die verschlungenen Wege, auf denen sich die Rache vollzieht." Düntzer. 151 f. (Die) den ahnungsvollen Regungen des Gemütes sich kundgiebt, doch vor dem Lichte des forschenden Verstandes sich verbirgt. — auf den höchsten Stufen] „Da ich den Mörder oben sitzend annehme, wo

15   155 „Sieh da, sieh da, Timotheus,
        Die Kraniche des Ibykus!" —
        Und finster plötzlich wird der Himmel,
        Und über dem Theater hin
        Sieht man in schwärzlichtem Gewimmel
   160 Ein Kranichheer vorüberziehn.

        „Des Ibykus!" — Der teure Name
        Rührt jede Brust mit neuem Grame,
        Und wie im Meere Well' auf Well',
        So läuft's von Mund zu Munde schnell:
   165 „Des Ibykus? den wir beweinen?
        Den eine Mörderhand erschlug?
        Was ist's mit dem? was kann er meinen?
        Was ist's mit diesem Kranichzug?" —

---

das gemeine Volk seinen Platz hat, so kann er erstlich die Kraniche früher sehen, ehe sie über der Mitte des Theaters schweben; dadurch gewinn' ich, daß der Ausruf der wirklichen Erscheinung der Kraniche vorhergehen kann, worauf hier viel ankommt, und daß also die wirkliche Erscheinung derselben bedeutender wird. Ich gewinne zweitens, daß er, wenn er oben ruft, besser gehört werden kann." Schiller an Goethe (Br. Nr. 363).   155 ff. Hier liegt der Gedanke nahe, daß der unbedachtsame, verräterische Ausruf dem Mörder durch die betäubende Herzensangst entpreßt sei, worin ihn der „markverzehrende" Eumenidengesang in Verbindung mit den zufällig erscheinenden Kranichen versetzt haben könnte; sagt doch Shakespeare (Haml. II, 2 a. E.): „Ich hab' gehört, daß schuldige Geschöpfe, Bei einem Schauspiel sitzend, durch die Kunst Der Bühne so getroffen worden sind Im innersten Gemüt, daß sie sogleich zu ihren Missethaten sich bekannt: Denn Mord, hat er schon keine Zunge, spricht Mit wundervollen Stimmen"; aber gegen diese Auffassung spricht Schillers eigene Erklärung (im Br. Nr. 363): „Das Stück hat den Mörder zwar nicht eigentlich gerührt und zerknirscht, aber es hat ihn an seine That erinnert, sein Gemüt ist davon frappiert . . . er ist ein roher, dummer Kerl, über den der momentane Eindruck alle Gewalt hat." In einer andern Gemütsverfassung würden die Anwesenden trotz der Totenstille vielleicht den Ausruf unbeachtet gelassen haben; aber jetzt in dem Augenblicke der höchsten Erschütterung, bei dem erhöhten Glauben an die Macht der Nemesis, konnte ihnen leicht der Name des Ermordeten als eine Schicksalsstimme erscheinen, durch die der Sprecher sich selbst verriet. — Timotheus] erfundener Name.   157. Starke Hyperbel; vgl. z. 6, 49 f.   159. schwärzlichtem] Vgl. V. 16.   161. Des Ibykus!] Ausruf (eines einzelnen) der Verwunderung und der schmerzlichen Erinnerung, während die Frage in V. 165 das erwachte Mißtrauen der Versammlung andeutet.   165 ff. Die einzelnen Fragen werden von verschiedenen Stimmen gesprochen.

Der Gang nach dem Eisenhammer.

Und lauter immer wird die Frage,   15—16
170 Und ahnend fliegt's mit Blitzesschlage
Durch alle Herzen: „Gebet acht,
Das ist der Eumeniden Macht!
Der fromme Dichter wird gerochen,
Der Mörder bietet selbst sich dar —
175 Ergreift ihn, der das Wort gesprochen,
Und ihn, an den's gerichtet war!"

Doch dem war kaum das Wort entfahren,
Möcht' er's im Busen gern bewahren;
Umsonst! Der schreckenbleiche Mund
180 Macht schnell die Schuldbewußten kund.
Man reißt und schleppt sie vor den Richter;
Die Scene wird zum Tribunal,
Und es gestehn die Bösewichter,
Getroffen von der Rache Strahl.

16. Der Gang nach dem Eisenhammer.   16
Ballade.

Ein frommer Knecht war Fridolin,
Und in der Furcht des Herrn
Ergeben der Gebieterin,
Der Gräfin von Savern.

---

172. Vgl. z. B. 147.   174. Begründende Erklärung zu „gerochen": dadurch, daß der Mörder ...   178. Möcht'] so möcht'.   181. reißt] sie von ihren Sitzen. — Der Richter sitzt unter den Zuschauern (vgl. B. 61) und zwar in der untersten Sitzreihe auf einem der (marmornen) Ehrensessel, die für hohe Beamte, Priester, Gesandte bestimmt waren.   182. Die Bühne wird zum Richtersitze.   184. Rache] (blitzartig getroffen von der) Nemesis, die sich in dem Selbstverrat an ihnen offenbart hatte. — „Sobald nur der Weg zur Auffindung des Mörders geöffnet ist, so ist die Ballade aus; das andere ist nichts mehr für den Poeten." Schiller.

Der Gang nach dem Eisenhammer d. h. nach dem Hammer-, 16 Eisen- oder Hüttenwerk (vgl. V. 93), die letzte und längste Ballade des Jahres 1797 wurde am 25. September beendigt und 1798 zuerst gedruckt. Den Stoff lieferte dem Dichter eine Geschichte aus der Novellensammlung: Les Contemporaines von Rétif de la Bretonne (vgl. Anhang); auf diese Geschichte war Schiller wahrscheinlich durch seine Gattin aufmerksam gemacht worden. Abgesehen von kleinen Änderungen und unwesentlichen Zusätzen entspricht der Inhalt des Gedichtes genau

16

5 Sie war so sanft, sie war so gut;
  Doch auch der Launen Übermut
  Hätt' er geeifert zu erfüllen
  Mit Freudigkeit, um Gottes willen.

  Früh von des Tages erstem Schein,
10 Bis spät die Vesper schlug,
  Lebt' er nur ihrem Dienst allein,
  That nimmer sich genug.
  Und sprach die Dame: „Mach dir's leicht!"
  Da wurd' ihm gleich das Auge feucht,
15 Und meinte, seiner Pflicht zu fehlen,
  Durft' er sich nicht im Dienste quälen.

---

der prosaischen Vorlage, die er vermutlich nicht in der wortgetreuen Übersetzung von Mylius, sondern in der französischen Urschrift benutzte. Der ganz aus dem religiösen Volkssinne herausgegriffene Gedanke, daß fromme Unschuld in Gottes heiliger Hut steht und vor den Ränken verleumderischer Bosheit, die sich selbst in ihren eigenen Netzen fängt, in wunderbarer Weise Schutz findet, wird uns in klarer Übersichtlichkeit, in einem milden, ruhigen, treuherzig=warmen Tone, in einer sich gemächlich in die Breite entfaltenden, von allem Pathetischen freien, mit „glücklichem Humor" untermischten Darstellungsweise vor die Seele geführt. Für Körner hatte das Gedicht „einen besonderen Reiz durch den Ton der christlich=katholisch=altdeutschen Frömmigkeit, der mit allen seinen Eigentümlichkeiten durch das Ganze gehalten sei", und „blieb ihm immer eins der liebsten Produkte".
1—24: Des „Knechtes" Tugendhaftigkeit (Hauptfigur: Fridolin).
1. Unsere Ballade versetzt uns nicht, wie es sonst bei Schillers Balladen Regel ist, mitten in die eigentliche Handlung, sondern holt erzählend weiter aus. — Knecht] Diener; vgl. V. 17. — Vgl. Br. Pauli a. d. Ephes. 6, 5 f.; Kolosser, 3, 22. **4.** Savern] der (wohl nur mit Rücksicht auf den Reim gewählte) Name weist auf Saverne (= Zabern) im Elsaß hin; eine Gräfin von Saverne ist der Geschichte unbekannt. **5 ff.** Das anaphorische „sie" ist zu betonen; Gegensatz: doch hätte er auch einer launischen Herrschaft übermütige Befehle erfüllt. — Vgl. 1. Br. Petri 2, 18 f.: „Ihr Knechte, seid unterthan mit aller Ehrfurcht den Herrn, nicht allein den gütigen und gelinden, sondern auch den schlimmen! Denn es ist Gnade, wenn jemand aus Gewissenhaftigkeit um Gottes willen Widerwärtigkeiten erträgt und mit Unrecht leidet."
10. Vesper] Abend=Angelusglocke (um 7 oder 8 Uhr je nach der Jahreszeit); vgl. L. v. d. Glocke V. 272.   **12.** sich] seinem Pflichtgefühle.
13. Dame] Herrin (domina).   **15.** seiner Pflicht] Genitiv; so sagt Luther: des Glaubens fehlen (vom Gl. abweichen), der Gebote fehlen; vgl. „des Weges fehlen" u. Tell III, 3, 331.

Der Gang nach dem Eisenhammer. 75

Drum vor dem ganzen Dienertroß 16
Die Gräfin ihn erhob;
Aus ihrem schönen Munde floß
20 Sein unerschöpftes Lob.
Sie hielt ihn nicht als ihren Knecht,
Es gab sein Herz ihm Kindesrecht;
Ihr klares Auge mit Vergnügen
Hing an den wohlgestalten Zügen.

25 Darob entbrennt in Roberts Brust,
Des Jägers, gist'ger Groll,
Dem längst von böser Schadenlust
Die schwarze Seele schwoll;
Und trat zum Grafen, rasch zur That
30 Und offen des Verführers Rat,
Als einst vom Jagen heim sie kamen,
Streut' ihm ins Herz des Argwohns Samen.

„Wie seid Ihr glücklich, edler Graf!"
Hub er voll Arglist an.
35 „Euch raubet nicht den goldnen Schlaf
Des Zweifels gist'ger Zahn;

---

17. vor dem ganzen Dienertroß] v o r entweder: in Gegenwart der, oder: über die Schar aller andern Diener.   20. unerschöpftes] unerschöpfliches.   21. als] wie: vgl. Luk. 15, 19.   22. sein Herz] die Kindlichkeit und Herzlichkeit seines Wesens.   23. Ihr klares Auge] ihr reines Auge als der Spiegel eines reinen Herzens.   24. wohlgestalten] Gestalt, das mhd. gestalt, ist das zum Adjektiv gewordene Part. Präterit. vom ahd. stellan.   **25—80:** D e s   n e i d i s c h e n Verleumders arglistige Bosheit (Hauptfigur: Robert).   25. Robert (= Rupert, Ruprecht, eig. = ruhmglänzend) scheint als Name roher, böser Menschen (Jäger) beliebt zu sein; vgl. Schiller, Verbrech. aus verl. Ehre, wo der Jägerbursche des Försters diesen Namen trägt. Als Koseform bildete sich von Ruprecht das Wort „Rüpel", womit man heute einen ungeschliffenen, groben Menschen bezeichnet.   27 f. Sinn: dessen längst vorhandene niederträchtige Gemeinheit durch Neid und Mißgunst zunahm. — schwarze] „höllenschwarze", teuflische, niederträchtige (vgl. 15, 68 u. Wall. Tod II, 2, 93 f.).   29 f. zum Grafen . . .] Der Graf war ein Mann von aufbrausender Gemütsart, der sich leicht zu einer übereilten That hinreißen ließ und offene Ohren für die Einflüsterung eines Verführers hatte.   32. „Es ist der Fluch der Hohen, daß die Niedern Sich ihres offnen Ohrs bemächtigen." Br. v. Mess. I, 5 (487 f.).   35. goldnen] so köstlich, so lieb und teuer wie Gold; Goethe (Lyr. 9, 10) spricht von „goldnen Träumen".   36. Des Zweifels

16 Denn Ihr besitzt ein edles Weib,
Es gürtet Scham den keuschen Leib.
Die fromme Treue zu berücken,
40 Wird nimmer dem Versucher glücken."

Da rollt der Graf die finstern Braun:
„Was red'st du mir, Gesell?
Werd' ich auf Weibestugend baun,
Beweglich wie die Well'?
45 Leicht locket sie des Schmeichlers Mund;
Mein Glaube steht auf festerm Grund.
Vom Weib des Grafen von Saverne
Bleibt, hoff' ich, der Versucher ferne."

Der andre spricht: „So denkt Ihr recht.
50 Nur Euren Spott verdient
Der Thor, der, ein geborner Knecht,
Ein solches sich erkühnt
Und zu der Frau, die ihm gebeut,
Erhebt der Wünsche Lüsternheit" — —
55 „Was?" fällt ihm jener ein und bebet,
„Red'st du von einem, der da lebet?" —

„Ja doch, was aller Mund erfüllt,
Das bärg' sich meinem Herrn?
Doch, weil Ihr's denn mit Fleiß verhüllt,
60 So unterdrück' ich's gern." —
„Du bist des Todes, Bube, sprich!"
Ruft jener streng und fürchterlich.
„Wer hebt das Aug' zu Kunigonden?" —
„Nun ja, ich spreche von dem Blonden.

(= der Eifersucht) . . . Zahn] Vgl. des Neides, der Mißgunst, der Zeit Zahn. 39. berücken] eig.: (Vögel) ins Netz locken, das Netz über Vögel rücken. 41. rollt] bewegt heftig. 42. Gesell] Bursch; vgl. V. 61. 45. sie] die „Weibestugend"; vgl. V. 43. 51. ein geborner Knecht] nicht: Leibeigener, sondern: durch die Geburt dem dienenden Stande angehörig, also durch die gesellschaftliche Stellung seiner Eltern von vornherein zum Dienen bestimmt. 55. bebet] in leidenschaftlichem Zorne, da sein Stolz so empfindlich getroffen ist. 56. Sinn: Hast du eine bestimmte Person im Auge? 59. Sinn: Doch, weil Ihr Euch mit Absicht so stellt, als sei es Euch unbekannt. 61. sprich] oder sprich und beweise mir die Wahrheit. 62. streng]

65 Er ist nicht häßlich von Gestalt,"
Fährt er mit Arglist fort,
Indem's den Grafen heiß und kalt
Durchrieselt bei dem Wort.
„Ist's möglich, Herr? Ihr saht es nie,
70 Wie er nur Augen hat für sie?
Bei Tafel Eurer selbst nicht achtet,
An ihren Stuhl gefesselt schmachtet?

Seht da die Verse, die er schrieb
Und seine Glut gesteht" —
75 „Gesteht!" — „Und sie um Gegenlieb' —
Der freche Bube! — fleht.
Die gnäd'ge Gräfin, sanft und weich,
Aus Mitleid wohl verbarg sie's Euch;
Mich reuet jetzt, daß mir's entfahren,
80 Denn, Herr, was habt Ihr zu befahren?"

Da ritt in seines Zornes Wut
Der Graf ins nahe Holz,
Wo ihm in hoher Ofen Glut
Die Eisenstufe schmolz.
85 Hier nährten früh und spat den Brand
Die Knechte mit geschäft'ger Hand;

---

gebietend. — fürchterlich] wutentbrannt in seiner Eifersucht. 67. heiß und kalt] wie Fieberglut und Fieberfrost. 69 ff. Diese Fragen haben den Zweck, dem Grafen jeden Zweifel zu nehmen. 74. Und seine] und worin er seine. 75. „Gesteht"] wiederholt der Graf in seiner maßlosen Aufregung. 77 f. Gerade diese Bemerkung muß dem Grafen die Gefahr noch größer erscheinen lassen. — Aus Mitleid] mit Fridolin. „Mitleid ist ein fruchtbar Erdreich für das Pflänzlein Liebe" (Scheffel), es ist „eine Brücke, die zu der Liebe herüberführt" (Fr. Reuter). 80. befahren] (Präteritum: befahrte, also schwachbiegend): befürchten. (Mhd. vâren = nachstellen: vgl. Gefahr.) Auch bei Wieland, Bürger und Goethe kommt das Wort vor. „Durch die neueren Verdeutschungsbestrebungen ist es für fremdes ‚riskieren' wieder in Aufnahme gekommen." Heynes Wtb **81—120: Des Verleumders scheinbarer Sieg (Hauptfigur: der Graf).** 82. Holz] Wald; vgl. „Laubholz", „Nadelholz". 83. hoher Ofen] Hochöfen. 84. „Stufe" ist das aus dem Gestein herausgeschlagene erzhaltige Stück.

16 Der Funke sprüht, die Bälge blasen,
    Als gält' es, Felsen zu verglasen.

       Des Wassers und des Feuers Kraft
    90 Verbündet sieht man hier;
       Das Mühlrad, von der Flut gerafft,
       Umwälzt sich für und für;
       Die Werke klappern Nacht und Tag;
       Im Takte pocht der Hämmer Schlag,
    95 Und bildsam von den mächt'gen Streichen
       Muß selbst das Eisen sich erweichen.

       Und zweien Knechten winket er,
       Bedeutet sie und sagt:
       „Den ersten, den ich sende her,
    100 Und der euch also fragt:
       „„Habt ihr befolgt des Herren Wort?““
       Den werft mir in die Hölle dort,
       Daß er zu Asche gleich vergehe,
       Und ihn mein Aug' nicht weiter sehe!"

    105   Des freut sich das entmenschte Paar
       Mit roher Henkerslust;
       Denn fühllos wie das Eisen war
       Das Herz in ihrer Brust.
       Und frischer mit der Bälge Hauch
    110 Erhitzen sie des Ofens Bauch
       Und schicken sich mit Mordverlangen,
       Das Todesopfer zu empfangen.

---

87 f. Lautmalerei. 88. zu verglasen] zu Glas zu schmelzen. 89 ff. Beschreibung der sogenannten „Luppenmühle", worin das Erz zu großen Eisenklumpen geschmolzen wird und diese zu Stabeisen „gefrischt" werden. 91. gerafft] fortgerissen, getrieben. 93 f. Lautmalerei. 95 f. Sogar das (harte) Eisen muß sich durch die Glut des Feuers erweichen, so daß es von (unter) den Hammerschlägen leicht sich bilden läßt und die gewünschte Form annimmt. 97. zweien Knechten] zweien von den Knechten, die bei einem der Hochöfen das Einschütten der Kohlen und Eisensteine besorgen. 98. Bedeutet sie] weist sie an, belehrt sie. 107 f. Vgl. Homer, Il. 22, 357; Od. 5, 191; 23, 172. 111. schicken sich] „schicken", von „(ge-)schehen", bedeutet urspr. „einrichten": daher „sich schicken": sich fertig machen, sich rüsten; häufig bei Luther, z. B. Richter 20, 20.

Der Gang nach dem Eisenhammer.

Drauf Robert zum Gesellen spricht
Mit falschem Heuchelschein: 16
115 „Frisch auf, Gesell, und säume nicht!
Der Herr begehret dein."
Der Herr, der spricht zu Fridolin:
„Mußt gleich zum Eisenhammer hin
Und frage mir die Knechte dorten,
120 Ob sie gethan nach meinen Worten!"

Und jener spricht: „Es soll geschehn!"
Und macht sich flugs bereit.
Doch sinnend bleibt er plötzlich stehn:
„Ob sie mir nichts gebeut?"
125 Und vor die Gräfin stellt er sich:
„Hinaus zum Hammer schickt man mich;
So sag, was kann ich dir verrichten?
Denn dir gehören meine Pflichten."

Darauf die Dame von Savern
130 Versetzt mit sanftem Ton:
„Die heil'ge Messe hört' ich gern,
Doch liegt mir krank der Sohn;
So gehe denn, mein Kind, und sprich
In Andacht ein Gebet für mich,
135 Und denkst du reuig deiner Sünden,
So laß auch mich die Gnade finden!"

---

114. Sinn: sich durch Heucheln einen falschen Schein (den Schein des Freundes) gebend; daher die Anrede: „Gesell". 117. Der Herr, der] volkstümlich; vgl. z. 10, 1. **121—192**: Gottes schützende Hand behütet die ahnungslose Unschuld vor dem Verderben und führt kindliche Reinheit und Frömmigkeit wunderbar zum Heile (Hauptfigur: Fridolin). 123. bleibt ... stehn] als er eben das Haus verlassen will. 127. was ... verrichten] welches Geschäft, dessen Ausführung sich mit dem Auftrage des Grafen verbinden läßt, kann ich gleichzeitig für dich besorgen? 136. die Gnade] des reuigen Gedenkens der Sünden zu ihrer Vergebung. Hier liegt ein doppeltes Mißverständnis der katholischen Lehre vor; denn erstens reicht die Erweckung der Reue allein zur Vergebung nicht aus, zweitens kann man für die Sünden anderer nicht Reue erwecken, geschweige denn für diese Vergebung erhalten. Ähnliche Irrtümer in katholischen Dingen 17, 196; Picc. IV, 5, 93; M. Stuart III, 6, 37 ff.

16 Und froh der vielwillkommnen Pflicht,
Macht er im Flug sich auf,
Hat noch des Dorfes Ende nicht
140 Erreicht im schnellen Lauf,
Da tönt ihm von dem Glockenstrang
Hellschlagend des Geläutes Klang,
Das alle Sünder, hochbegnadet,
Zum Sakramente festlich ladet.

145 „Dem lieben Gotte weich nicht aus,
Find'st du ihn auf dem Weg!"
Er spricht's und tritt ins Gotteshaus.
Kein Laut ist hier noch reg';
Denn um die Ernte war's, und heiß
150 Im Felde glüht' der Schnitter Fleiß.
Kein Chorgehilfe war erschienen,
Die Messe kundig zu bedienen.

Entschlossen ist er alsobald
Und macht den Sakristan;
155 „Das," spricht er, „ist kein Aufenthalt,
Was fördert himmelan."
Die Stola und das Cingulum
Hängt er dem Priester dienend um,
Bereitet hurtig die Gefäße,
160 Geheiliget zum Dienst der Messe.

---

143. hochbegnadet] denen durch die Einladung hohe Gnaden geboten werden.   144. Zum Sakramente] zur (sakramentalen Handlung der) hl. Messe.   145 f. Sprichwörtlich. Vgl.: „Kirchengehen säumet nicht".   149 f. heiß ... glüht'] war in lebhafter, angestrengter Thätigkeit entbrannt.   151. Chorgehilfe] hier: Meßdiener, der auch die Dienste des Sakristans (Küsters) versieht. — Wer geläutet hat, bleibt unerklärt.   152. kundig] gemäß der Vorschrift, die er kennen muß.   153—187: „Die retardierende Messe ist von dem besten Effekt." Goethe.   155 f. Sprichwörtliche Antithese — Aufenthalt] Verzögerung.   157. Stola] ein Streifen feinen Stoffes, den der Priester, nachdem er das lange weiße Unterkleid (die Albe) angezogen, um den Hals legt und über der Brust kreuzt; sie ist das eigentliche Zeichen der priesterlichen Gewalt. — Cingulum] weiße linnene Gürtelschnur zur Aufschürzung der Albe und zur Befestigung der Stola.   159. Gefäße] „Meßkännchen", aus denen Wasser und Wein während der Messe in den Kelch geschenkt wird. Den Kelch und die Patene darf nur der Priester berühren.

Und als er dies mit Fleiß gethan,   16
Tritt er als Ministrant
Dem Priester zum Altar voran,
Das Meßbuch in der Hand,
165 Und knieet rechts und knieet links
Und ist gewärtig jedes Winks,
Und als des Sanctus Worte kamen,
Da schellt er dreimal bei dem Namen.

Drauf, als der Priester fromm sich neigt
170 Und, zum Altar gewandt,
Den Gott, den gegenwärt'gen, zeigt
In hocherhabner Hand,
Da kündet es der Sakristan
Mit hellem Glöcklein klingend an;
175 Und alles kniet und schlägt die Brüste,
Sich fromm bekreuzend vor dem Christe.

So übt er jedes pünktlich aus
Mit schnellgewandtem Sinn;
Was Brauch ist in dem Gotteshaus,
180 Er hat es alles inn'
Und wird nicht müde bis zum Schluß,
Bis beim Vobiscum Dominus
Der Priester zur Gemein' sich wendet,
Die heil'ge Handlung segnend endet.

---

161. dies] die Sakristansdienste.   164. in der Hand] eigentl.: auf dem Arm.   166. Winks] Eines Winks bedarf der „kundige" Meßdiener nicht, er richtet sich nach den Worten des Priesters und dem Verlaufe der heiligen Handlung.   168. bei dem Namen] bei dem dreimaligen Sanctus (Sanctus, Sanctus, Sanctus Dominus Deus Sabaoth). 169. sich neigt] kniet vor der Elevation.   170. zum Altar gewandt] (Gegensatz: zur Gemeinde gewandt.   173. Sakristan] hier: Ministrant. 174. klingend] klingelnd, Zeichen gebend mit der Klingel.   175. alles] In der Kirche, die anfänglich noch leer war, müssen sich nach und nach einige Andächtige angesammelt haben.   176. „Sich ... bekreuzen vor" bedeutet in der Regel: das Kreuzzeichen machen zum Schutze gegen Böses; vgl. J. v. Orl. V, 3, 5: hier: in andächtiger Verehrung des gegenwärtigen Erlösers das Zeichen des hl. Kreuzes machen.   180. hat ... inn'] kennt ... ganz genau; wenig edle Ausdrucksweise. 182. Bis zu jenem Dominus vobiscum, das dem „Ite, missa est" (der Verabschiedung der Gemeinde) und dem Segen unmittelbar vorhergeht.

16   185 Da stellt er jedes wiederum
In Ordnung säuberlich;
Erst reinigt er das Heiligtum,
Und dann entfernt er sich
Und eilt in des Gewissens Ruh'
190 Den Eisenhütten heiter zu,
Spricht unterwegs, die Zahl zu füllen,
Zwölf Paternoster noch im stillen.

Und als er rauchen sieht den Schlot
Und sieht die Knechte stehn,
195 Da ruft er: „Was der Graf gebot,
Ihr Knechte, ist's geschehn?"
Und grinsend zerren sie den Mund
Und deuten in des Ofens Schlund:
„Der ist besorgt und aufgehoben;
200 Der Graf wird seine Diener loben."

Die Antwort bringt er seinem Herrn
In schnellem Lauf zurück.
Als der ihn kommen sieht von fern,
Kaum traut er seinem Blick:
205 „Unglücklicher! wo kommst du her?" —
„Vom Eisenhammer." — „Nimmermehr!
So hast du dich im Lauf verspätet?" —
„Herr, nur so lang', bis ich gebetet.

---

185. jedes] Meßkännchen, Meßbuch, Gewänder u. s. w.   187. Heiligtum] Wie es scheint, übersetzt so Schiller das Wort „Sakristei", von deren Reinigung auch seine Quelle spricht.   189. in des Gewissens Ruh'] Vgl. V. 155 f.   191 f. die Zahl] der Vaterunser, die noch am Rosenkranze fehlen. Der Rosenkranz im landläufigen Sinne ist eine Gebetsform, worin fünfmal zehn „Ave Maria", die je durch das Gebet des Herrn geschieden sind, aufeinander folgen, während gleichzeitig fünf Geheimnisse unserer Erlösung in Erwägung gezogen werden. Er umfaßt also, abgesehen vom Vorbereitungsgebete, bloß 5 „Paternoster", aber 50 „Ave Maria". Ob Schiller letztere, die den Hauptbestandteil bilden, mit den ersteren verwechselt hat? Jedenfalls fehlte ihm die rechte Vorstellung vom Rosenkranze.   **193—240:** „Gott selbst im Himmel hat gerichtet."   197. grinsend] Iterativbildung von „grinnen", verwandt mit „greinen": das ganze Gesicht verziehen. — zerren] verzerren.   199. Beißender, teuflischer Hohn.   205. Unglücklicher] Drohruf.   206 f. Nimmermehr! So] Unmöglich, oder du hast dich . . .

Der Gang nach dem Eisenhammer. 83

„Denn als von Eurem Angesicht
210 Ich heute ging — verzeiht! —
Da fragt' ich erst nach meiner Pflicht
Bei der, die mir gebeut.
Die Messe, Herr, befahl sie mir
Zu hören; gern gehorcht' ich ihr
215 Und sprach der Rosenkränze viere
Für Euer Heil und für das ihre."

In tiefes Staunen sinket hier
Der Graf, entsetzet sich:
„Und welche Antwort wurde dir
220 Am Eisenhammer? Sprich!" —
„Herr, dunkel war der Rede Sinn;
Zum Ofen wies man lachend hin:
„„Der ist besorgt und aufgehoben;
Der Graf wird seine Diener loben."" —

225 „Und Robert?" fällt der Graf ihm ein —
Es überläuft ihn kalt —
„Sollt' er dir nicht begegnet sein?
Ich sandt' ihn doch zum Wald." —
„Herr, nicht im Wald, nicht in der Flur
230 Fand ich von Robert eine Spur." —
„Nun," ruft der Graf und steht vernichtet,
„Gott selbst im Himmel hat gerichtet!"

Und gütig, wie er nie gepflegt,
Nimmt er des Dieners Hand,
235 Bringt ihn der Gattin tief bewegt,
Die nichts davon verstand:

---

209. von Eurem Angesicht] Bibelton; vgl. Psalm 138 (139), 7. 211. fragt'] fragt' ... an. — nach] gemäß. 215. der Rosenkränze viere] Die Zahl ist etwas hoch gegriffen; außerdem müßte Fridolin, da er höchstens 3 Rosenkränze (je 5 Gesetze mit den freudenreichen, den schmerzhaften und den glorreichen Geheimnissen) kennt, einen zweimal gebetet haben. Vgl. z. B. 191 f. 221. Geflügeltes Wort geworden, wie auch V. 56, 105, 199. 222. lachend] So bezeichnet der harmlose, unschuldige Fridolin das teuflische Grinsen der Bösewichter. 229. in] Man erwartet: auf. 231. vernichtet] erschüttert über die Rolle, die er in diesem Gottesgerichte gespielt hat. 236. davon] von den vorhergegangenen Einzelheiten (dem Verlaufe des Intriguenspiels), dem

6*

16—17
"Dies Kind, — kein Engel ist so rein, —
Laßt's Eurer Huld empfohlen sein!
Wie schlimm wir auch beraten waren,
240 Mit dem ist Gott und seine Scharen."

17   **17. Der Kampf mit dem Drachen.**
                    Romanze.

Was rennt das Volk, was wälzt sich dort
Die langen Gassen brausend fort?
Stürzt Rhodus unter Feuers Flammen?
Es rottet sich im Sturm zusammen,

Grunde seiner Erregtheit. **237.** Ebenfalls geflügeltes Wort. — kein ... rein] kausal; pathetische Übertreibung. **240.** Vor dem Nachsatze denke: Es hat sich alles zum Guten gewendet; denn ... — seine Scharen] Bibelsprache: die himmlischen Heerscharen (vgl. Luk. 2, 13), unter diesen besonders sein Schutzengel.

17   Der Kampf mit dem Drachen, die längste aller Schillerschen Balladen und die einzige, die der Dichter als „Romanze" bezeichnet hat, ist aus den Vorstudien für die „Malteser" entsprungen; sie ist vom 18.—28. August 1798 ausgearbeitet und im Musenalmanach für 1799 gedruckt worden. Quelle ist René Aubert de Bertots „Histoire des chevaliers de l'ordre de Malte"; vgl. Anhang. Die Geschichte fällt in die Zeit des Großmeisters Helion de Villeneuve († 1346): der Name des Heldenjünglings ist Dieudonné (Deodat) von Gozon. — Die „besondere epische Kunst in der Anordnung" der Vorgänge, die meisterhafte Verknüpfung so vieler Glieder zu einer übersichtlichen scenischen Einheit, zu einem einzigen großen, lebendigen Gemälde, das unsere Einbildungskraft mit einem Blicke überschaut und mit innerem Wohlgefallen betrachtet, die kräftige, malerische Sprache, die Fülle großartig wirkender Gegensätze, die epische Ruhe und die allen lyrischen Sprüngen abholde Ausführlichkeit in den Schilderungen, besonders aber die hohe ideale Grundlage des Ganzen, die da besteht in der Verherrlichung ritterlichen Heldenmutes und christlicher Selbstüberwindung und in der Erhebung dieser Tugend über jene: kurz, die vollkommene Harmonie von Idee und Form macht das Gedicht zu einer Perle nicht nur der Balladendichtung, sondern der deutschen und christlichen Litteratur überhaupt. Der Grundgedanke wird am klarsten V. 278 und 283 f. ausgesprochen; vgl. die Schlußverse von Schillers „Johanniter". **1—24:** Der Siegeszug des Drachentöters. **1 ff.** Die ersten Worte versetzen uns mitten in die Sache wie der Anfang des „Tauchers". **3.** Rhodus] von 1309—1522 Sitz des Johanniterordens. **4.** Es] Vgl. z. 11, 53.

5 Und einen Ritter, hoch zu Roß,
Gewahr' ich aus dem Menschentroß;
Und hinter ihm — welch Abenteuer! —
Bringt man geschleppt ein Ungeheuer;
Ein Drache scheint es von Gestalt
10 Mit weitem Krokodilesrachen,
Und alles blickt verwundert bald
Den Ritter an und bald den Drachen.

Und tausend Stimmen werden laut:
„Das ist der Lindwurm, kommt und schaut,
15 Der Hirt und Herden uns verschlungen!
Das ist der Held, der ihn bezwungen!
Viel andre zogen vor ihm aus,
Zu wagen den gewalt'gen Strauß:
Doch keinen sah man wiederkehren;
20 Den kühnen Ritter soll man ehren!"
Und nach dem Kloster geht der Zug,
Wo Sankt Johanns des Täufers Orden,
Die Ritter des Spitals, im Flug
Zu Rate sind versammelt worden.

25 Und vor den edeln Meister tritt
Der Jüngling mit bescheidnem Schritt;
Nachdrängt das Volk mit wildem Rufen,
Erfüllend des Geländers Stufen.

---

5. Ritter] Die Mitglieder zerfielen in drei Klassen: Ritter zur Kriegführung, Priester zum kirchlichen Dienst und dienende Brüder zur Pflege der Kranken und Geleitung der Pilger.   6. aus dem Menschentroß] nämlich: hervorragend.   7. Abenteuer] mhd. âventiure, aus franz. aventure, mittellat. aventura: 1. seltsames Erlebnis, 2. seltsames Wesen; hier auf beide Bedeutungen weisend.   9. Drache] Vgl. V. 14: Lindwurm.   14. Lindwurm] Zusammensetzung aus gleichbedeutenden Bestandteilen, in der das ahd. lint (= Schlange, Drache) durch wurm vgl. V. 135) verdeutlicht wird.   15. Hirt und Herden] formelhaft; vgl. Tell I, 2, 133.   18. Strauß] Zwist, Kampf; mhd. strûz.   23. Die Ritter des Spitals] des Hospitals (des Pflege= und Krankenhauses) des hl. Johannes zu Jerusalem, daher Johanniter oder Hospitalbrüder genannt. Ordenskleid: schwarzer Mantel mit weißem Kreuze. — im Flug] flugs, in höchster Eile.   24. sind] Der Plural zeigt, daß das Prädikat auf die Apposition bezogen ist.   **25—52**: Des strengen Großmeisters Anklage.   25. Meister] Großmeister; V. 37: „Fürst".   28. des Geländers Stufen] die Stufen der zu beiden Seiten von einem

Und jener nimmt das Wort und spricht:
30 „Ich hab' erfüllt die Ritterpflicht.
Der Drache, der das Land verödet,
Er liegt von meiner Hand getötet;
Frei ist dem Wanderer der Weg:
Der Hirte treibe ins Gefilde!
35 Froh walle auf dem Felsensteg
Der Pilger zu dem Gnadenbilde!"

Doch strenge blickt der Fürst ihn an
Und spricht: „Du hast als Held gethan.
Der Mut ist's, der den Ritter ehret,
40 Du hast den kühnen Geist bewähret.
Doch sprich, was ist die erste Pflicht
Des Ritters, der für Christum ficht,
Sich schmücket mit des Kreuzes Zeichen?"
Und alle ringsherum erbleichen.
45 Doch er mit edlem Anstand spricht,
Indem er sich errötend neiget:
„Gehorsam ist die erste Pflicht,
Die ihn des Schmuckes würdig zeiget."

„Und diese Pflicht, mein Sohn," versetzt
50 Der Meister, „hast du frech verletzt.
Den Kampf, den das Gesetz versaget,
Hast du mit frevlem Mut gewaget!" —

Geländer eingefaßten Treppe, die zum Versammlungssaale führt. **30.** die Ritterpflicht] aber nicht die höhere und schwerere Pflicht des Ordensmannes, die unbedingten Gehorsam verlangt. **35 f.** Vgl. V. 169 ff. **37 ff.** „Statt des Lohnes hören wir Vorwürfe von einem Manne, der uns doch Achtung abnötigt. Dieses versetzt uns auf einmal aus der sinnlichen Welt in die moralische. In dieser soll nun die That des Helden geprüft werden." Chr. Gottfr. Körner. **38.** gethan] gehandelt. **40.** Sinn: und diesen Mut hast du bewährt. **41.** Die erste und zugleich die höchste Pflicht jedes Ordensmannes ist Gehorsam, weitere Pflichten sind Armut und Keuschheit. **43.** Das Kreuz predigt Gehorsam und Selbstverleugnung: „Nicht mein, sondern dein Wille geschehe!" Diese Tugenden bilden die Grundlage jeder wahrhaft christlichen Gemeinschaft. **46.** errötend] weil er sich bewußt ist, wenn auch nicht dem Inhalte nach (vgl. V. 55 f.), so doch der Form nach die Pflicht des Gehorsams verletzt zu haben. **50 ff.** frech ... mit frevlem Mut] mit dem vollen Bewußtsein der Pflichtverletzung (vorsätzlich) und mit kecker Selbstüberhebung (mutwillig). **52.** frevlem] Besser ist es,

„Herr, richte, wenn du alles weißt!"
Spricht jener mit gesetztem Geist:
55 „Denn des Gesetzes Sinn und Willen
Vermeint' ich treulich zu erfüllen.
Nicht unbedachtsam zog ich hin,
Das Ungeheuer zu bekriegen;
Durch List und kluggewandten Sinn
60 Versucht' ich's, in dem Kampf zu siegen.

„Fünf unsers Ordens waren schon,
Die Zierden der Religion,
Des kühnen Mutes Opfer worden:
Da wehrtest du den Kampf dem Orden.
65 Doch an dem Herzen nagte mir
Der Unmut und die Streitbegier;
Ja, selbst im Traum der stillen Nächte
Fand ich mich keuchend im Gefechte;
Und wenn der Morgen dämmernd kam
70 Und Kunde gab von neuen Plagen,
Da faßte mich ein wilder Gram,
Und ich beschloß, es frisch zu wagen.

„Und zu mir selber sprach ich dann:
Was schmückt den Jüngling, ehrt den Mann?

17

---

das e der Endung zu opfern und das e des Stammes zu wahren: vgl. V. 45 u. 25. **53—252**: Rechtfertigung des Ritters. — „Die Erzählung des Ritters ist zwar etwas lang ausgefallen, doch das Detail war nötig, und trennen ließ sie sich nicht wohl" (Schiller): sie „ist kein historischer Bericht, sondern eine Versinnlichung der Begebenheiten: der Ritter macht uns gleichsam zu Augenzeugen, ja zu Teilnehmern seines Abenteuers". **53—96**: Des Ritters Überlegung vor dem Kampfe und seine sophistische Selbsttäuschung. **54.** mit gesetztem Geist] Vgl. V. 45 u. 26. **55 f.** des Gesetzes ... erfüllen] ist eine spitzfindige Ausrede, da er wissen muß, daß er seinem Ordensoberen unbedingte Unterwürfigkeit schuldet. **57.** Nicht unbedachtsam] wie die Vorgänger, die sich nur auf ihre Stärke verlassen hatten. **62.** Zierden der Religion] waren sie als würdige Mitglieder des Ordens, der selbst als die schönste Blüte des christlichen Lebens erscheint. **66.** Der Jüngling verrät allmählich, daß er von Ehrgeiz und Ruhmsucht nicht frei ist; vgl. V. 285. **70.** Plagen] Unglücksfällen; häufig so gebraucht in der Bibelsprache. **71.** wilder Gram] ein tiefes Mitleid mit den unschuldigen Opfern, gepaart mit ungestümer Wut gegen das Untier. **72.** beschloß] näml.: jedesmal; wie „faßte" Präteritum der Wiederholung. **73.** dann] an jedem Morgen.

17

75 Was leisteten die tapfern Helden,
Von denen uns die Lieder melden,
Die zu der Götter Glanz und Ruhm
Erhub das blinde Heidentum?
Sie reinigten von Ungeheuern
80 Die Welt in kühnen Abenteuern,
Begegneten im Kampf dem Leun
Und rangen mit dem Minotauren,
Die armen Opfer zu befrein,
Und ließen sich das Blut nicht dauren.

85 „Ist nur der Saracen es wert,
Daß ihn bekämpft des Christen Schwert?
Bekriegt er nur die falschen Götter?
Gesandt ist er der Welt zum Retter;
Von jeder Not und jedem Harm
90 Befreien muß sein starker Arm;
Doch seinen Mut muß Weisheit leiten,
Und List muß mit der Stärke streiten.
So sprach ich oft und zog allein,
Des Raubtiers Fährte zu erkunden;
95 Da flößte mir der Geist es ein,
Froh rief ich aus: Ich hab's gefunden!

„Und trat zu dir und sprach dies Wort:
„„Mich zieht es nach der Heimat fort.""

---

75. die tapfern Helden] Perseus, Herkules, Theseus. 76. die Lieder] der Griechen, bes. Homers. 81 f. dem Leun] Dem nemeischen Löwen „begegnete" Herkules, dem Minotaurus Theseus. 83. Die armen Opfer] die sieben Jünglinge und Jungfrauen, die die Athener dem Minotaurus alljährlich liefern mußten. 84. dauren] aus mhd. tûren, von tiure (teuer): zu teuer, zu kostbar vorkommen; zur Form vgl. z. B. 52. 85. Saracenen, ein arabischer Volksstamm, später: Araber, Mohammedaner, Ungläubige des Morgenlandes. 87. die falschen Götter] den Islam. 88—90. Der Gedanke steht mit dem Sinne der Ordenssatzungen in Widerspruch. 92. mit] doppelsinnig: entweder = gegen oder = im Vereine mit; die letztere Auffassung ist vorzuziehen mit Rücksicht auf den Sinn des V. 91. 94. Des Raubtiers Fährte] und zugleich das Raubtier selbst. 96. Ich hab's gefunden] näml.: das Mittel, es zu überwinden. Εὕρηκα rief auch Archimedes aus, als er das Gesetz des specifischen Gewichts entdeckte. **97—252:** Geschichte des Kampfes: 97—204: Vorbereitung; 205—252: Der Kampf selbst. 98. nach der Heimat] nach Languedoc, wo sein

Du, Herr, willfahrtest meinen Bitten,
100 Und glücklich war das Meer durchschnitten.
Kaum stieg ich aus am heim'schen Strand,
Gleich ließ ich durch des Künstlers Hand,
Getreu den wohlbemerkten Zügen,
Ein Drachenbild zusammenfügen.
105 Auf kurzen Füßen wird die Last
Des langen Leibes aufgetürmet;
Ein schuppicht Panzerhemd umfaßt
Den Rücken, den es furchtbar schirmet.

„Lang strecket sich der Hals hervor,
110 Und gräßlich wie ein Höllenthor,
Als schnappt' es gierig nach der Beute,
Eröffnet sich des Rachens Weite,
Und aus dem schwarzen Schlunde dräun
Der Zähne stachelichte Reihn;
115 Die Zunge gleicht des Schwertes Spitze,
Die kleinen Augen sprühen Blitze;
In einer Schlange endigt sich
Des Rückens ungeheure Länge,
Rollt um sich selber fürchterlich,
120 Daß es um Mann und Roß sich schlänge.

„Und alles bild' ich nach genau
Und kleid' es in ein scheußlich Grau;
Halb Wurm erschien's, halb Molch und Drache,
Gezeuget in der gift'gen Lache.

Stammschloß Gozon sag. 103. den ... Zügen] der sicher eingeprägten Gestalt. 105 ff. In der Ausmalung des Drachenbildes entfaltet der Dichter glänzend seine epische Kunst, getreu der Lessingschen Regel: „Die Poesie schildert auch Körper, aber nur andeutungsweise durch Handlungen." Der Dichter läßt das Modell vor unsern Augen entstehn. 107. schuppicht] Betreffs der Ableitungssilbe icht vgl. 11, 92; 117. — Das Panzerhemd der Krieger war von Schuppen oder Ringen (Ketten). 110. Vgl. Ovid, Met. 3, 76. 113 ff. Vgl. ebd. 3, 33 f.; 8, 284. 119. Vgl. ebd. 3, 77 ff. 120. Daß ... schlänge] so vielfach, daß es sich schlingen könnte (potential!). 122. kleid' es in] färbe es mit. 123. Wurm] Schlange; vgl. V. 117. 124. in der gift'gen Lache] im Pfuhl mit giftigen Dünsten (vgl. V. 160).

17

125 Und als das Bild vollendet war,
Erwähl' ich mir ein Doggenpaar,
Gewaltig, schnell, von flinken Läufen,
Gewohnt, den wilden Ur zu greifen.
Die hetz' ich auf den Lindwurm an,
130 Erhitze sie zu wildem Grimme,
Zu fassen ihn mit scharfem Zahn,
Und lenke sie mit meiner Stimme.

„Und wo des Bauches weiches Vließ
Den scharfen Bissen Blöße ließ,
135 Da reiz' ich sie, den Wurm zu packen,
Die spitzen Zähne einzuhacken.
Ich selbst, bewaffnet mit Geschoß,
Besteige mein arabisch Roß,
Von adeliger Zucht entstammet;
140 Und als ich seinen Zorn entflammet,
Rasch auf den Drachen spreng' ich's los
Und stachl' es mit den scharfen Sporen
Und werfe zielend mein Geschoß,
Als wollt' ich die Gestalt durchbohren.

145 „Ob auch das Roß sich grauend bäumt
Und knirscht und in den Zügel schäumt,
Und meine Doggen ängstlich stöhnen,
Nicht rast' ich, bis sie sich gewöhnen.
So üb' ich's aus mit Emsigkeit,
150 Bis dreimal sich der Mond erneut:
Und als sie jedes recht begriffen,
Führ' ich sie her auf schnellen Schiffen.
Der dritte Morgen ist es nun,
Daß mir's gelungen, hier zu landen;
155 Den Gliedern gönnt' ich kaum zu ruhn,
Bis ich das große Werk bestanden.

---

127. Läufen] Weidmannsausdruck: Fuß des Wildes. 128. Ur] Auerochs. 131. Zu fassen] auf daß sie fassen. 133 ff. Beachte die Lautmalerei. — Vließ] wolliges, zottiges Fell. 145 ff. Wieder Lautmalerei. 150. 3 Monate lang. 152. auf schnellen Schiffen] νηυσὶ θοῇσιν (Homer). 154. gelungen] Die Fahrt war mit großen Schwierigkeiten verbunden. 156. das große Werk] μέγα ἔργον (Homer).

Der Kampf mit dem Drachen.

    „Denn heiß erregte mir das Herz
Des Landes frisch erneuter Schmerz:
Zerrissen fand man jüngst die Hirten,
160 Die nach dem Sumpfe sich verirrten.
Und ich beschließe rasch die That;
Nur von dem Herzen nehm' ich Rat.
Flugs unterricht' ich meine Knappen,
Besteige den verruchten Rappen,
165 Und von dem edeln Doggenpaar
Begleitet, auf geheimen Wegen,
Wo meiner That kein Zeuge war,
Reit' ich dem Feinde frisch entgegen.

    „Das Kirchlein kennst du, Herr, das hoch
170 Auf eines Felsenberges Joch,
Der weit die Insel überschauet,
Des Meisters kühner Geist erbauet.
Verächtlich scheint es, arm und klein,
Doch ein Mirakel schließt es ein,
175 Die Mutter mit dem Jesusknaben,
Den die drei Könige begaben.
Auf dreimal dreißig Stufen steigt
Der Pilgrim nach der steilen Höhe:
Doch hat er schwindelnd sie erreicht,
180 Erquickt ihn seines Heilands Nähe.

---

158. Die Kunde von neuen Greuelthaten.   162. Ich folge nur dem Gebote des Herzens (den Regungen meines empörten Gefühles), nicht dem des Gesetzes (des Verstandes).   164. versuchten] erprobten, geübten, bewährten.   167. meiner That] Dativ.   169 ff. Derartige der Erzählung vorausgehende Ortsschilderungen sind nicht bloß bei den alten Epikern regelmäßig (vgl. Homer, Od. 3, 293; 4, 844; Vergil, Än. 6, 42; Ovid, Met. 1, 168; 4, 432), sondern auch bei Geschichtschreibern, z. B. Sallust, Jug. Kr. 48, 3; 89, 4.   170. Joch] Rücken; vgl. lat. iugum.   172. Meisters] Künstlers; vgl. V. 102.   174. Mirakel] (lat. miraculum) Gnadenbild.   176. begaben] = beschenkten; in der Bibelsprache Luthers nicht selten: z. B. 1. Matt. 2, 18: „Begabet mit Gold und Silber und großen Gaben" u. Sir. 15, 6.   177. dreimal dreißig] Zahlbestimmungen durch Multiplikationen sind besonders bei römischen Dichtern häufig (vgl. Vergil, Än. 7, 275; Ovid, Met. 12, 15), hier insofern nicht ohne Absicht gewählt, als drei eine heilige Zahl ist.   178. Pilgrim] geht zurück auf lat. peregrinus, ital. pellegrino, ahd. piligrim. — Vgl. Uhland, Der Waller.

17
>"Tief in den Fels, auf dem es hängt,
Ist eine Grotte eingesprengt,
Vom Tau des nahen Moors befeuchtet,
Wohin des Himmels Strahl nicht leuchtet.
185 Hier hausete der Wurm und lag,
Den Raub erspähend, Nacht und Tag.
So hielt er wie der Höllendrache
Am Fuß des Gotteshauses Wache;
Und kam der Pilgrim hergewallt
190 Und lenkte in die Unglücksstraße,
Hervorbrach aus dem Hinterhalt
Der Feind und trug ihn fort zum Fraße.

"Den Felsen stieg ich jetzt hinan,
Eh' ich den schweren Strauß begann;
195 Hin kniet' ich vor dem Christuskinde
Und reinigte mein Herz von Sünde.
Drauf gürt' ich mir im Heiligtum
Den blanken Schmuck der Waffen um,
Bewehre mit dem Spieß die Rechte,
200 Und nieder steig' ich zum Gefechte.
Zurücke bleibt der Knappen Troß:
Ich gebe scheidend die Befehle
Und schwinge mich behend aufs Roß,
Und Gott empfehl' ich meine Seele.

205 "Kaum seh' ich mich im ebnen Plan,
Flugs schlagen meine Doggen an,

183. des nahen Moors] Vgl. V. 160. 184. Wohin] auf „Grotte" bezüglich. 187. Höllendrache] Ausdruck nach Joh. Offenb., der Höllenfürst selbst, der Teufel. 190. Unglücksstraße] Stieg der Pilger nicht von der Stadt Rhodus aus, sondern von der entgegengesetzten Seite her den Berg hinan, dann mußte er, so berichten die italienischen und französischen Erzähler, über den mal passo, die „Unglücksstraße": der Anstieg von der Stadt Rhodus aus war gefahrlos. 196. Falsche Auffassung der katholischen Lehre über die notwendigen Vorbedingungen der Sündenvergebung; vgl. z. 16, 136. 199. mit dem Spieß] Einen „Spieß" trägt er in der Rechten; aber dieser ist nicht der einzige, den er mitnimmt; vgl. z. B. 223. — Vgl. Homer, Jl. 16, 139. Die römischen Veliten hatten 7 Speere. 202. die Befehle] bezüglich ihres Verhaltens während des Kampfes und nach dem Kampfe. 204. Vgl. 11, 44. 205. ebnen Plan] „Plan" vom lat. planum = eben, also rhetorischer Pleonasmus. 206 ff. Die Tiere wittern eher den

Der Kampf mit dem Drachen.

Und bang beginnt das Roß zu keuchen
Und bäumet sich und will nicht weichen:
Denn nahe liegt, zum Knäul geballt,
210 Des Feindes scheußliche Gestalt
Und sonnet sich auf warmem Grunde.
Auf jagen ihn die flinken Hunde:
Doch wenden sie sich pfeilgeschwind,
Als es den Rachen gähnend teilet
215 Und von sich haucht den gift'gen Wind
Und winselnd wie der Schakal heulet.

„Doch schnell erfrisch' ich ihren Mut;
Sie fassen ihren Feind mit Wut,
Indem ich nach des Tieres Lende
220 Aus starker Faust den Speer versende;
Doch machtlos wie ein dünner Stab
Prallt er vom Schuppenpanzer ab,
Und eh' ich meinen Wurf erneuet,
Da bäumet sich mein Roß und scheuet
225 An seinem Basiliskenblick
Und seines Atems gift'gem Wehen,
Und mit Entsetzen springt's zurück,
Und jetzo war's um mich geschehen — —

„Da schwing' ich mich behend vom Roß,
230 Schnell ist des Schwertes Schneide bloß;
Doch alle Streiche sind verloren,
Den Felsenharnisch zu durchbohren;

Feind, als der Mensch ihn gewahrt. **208.** weichen] hier: sich vorwärts (von der Stelle) bewegen. **211.** sonnet sich] nach Art eines Krokodils. **212.** die flinken Hunde] $\varkappa\acute{\upsilon}\nu\varepsilon\varsigma\ \mathring{\alpha}\varrho\gamma o\acute{\iota}$ (Homer). **214.** es] als ob ein Neutrum, etwa: Untier, vorherginge. **215.** Vgl. Ovid, Met. 3, 49. **216.** Schakal] Goldwolf, lebt in vielen Gegenden des Morgenlandes. **217.** Doch] Im Anschluß an V. 213. **219.** Indem ich] während ich. **220.** Aus starker Faust] $\chi\varepsilon\iota\varrho\grave{\iota}\ \pi\alpha\chi\varepsilon\acute{\iota}\eta$ (Homer). **221 f.** Vgl. Ovid, Met. 3, 62 ff. **223.** meinen Wurf erneuet] einen neuen Speer versendet; vgl. zu V. 199. **225.** An] gewöhnlich: vor. — Basilisk] (dem Wortlaute nach = Königsdrache oder -Schlange) fabelhafte Schlange, mit dem Kopfe eines Hahns, deren Blick tötet. Man könne ihn, so fabelte man, nur dadurch töten, daß man durch einen vorgehaltenen Spiegel seinen tödlichen Blick gegen ihn selbst kehre. **228.** Vgl. 10, 40.

17 Und wütend mit des Schweifes Kraft
Hat es zur Erde mich gerafft;
235 Schon seh' ich seinen Rachen gähnen;
Es haut nach mir mit grimmen Zähnen,
Als meine Hunde, wutentbrannt,
An seinen Bauch mit grimm'gen Bissen
Sich warfen, daß es heulend stand,
240 Von ungeheurem Schmerz zerrissen.

„Und eh' es ihren Bissen sich
Entwindet, rasch erheb' ich mich,
Erspähe mir des Feindes Blöße
Und stoße tief ihm ins Gekröse,
245 Nachbohrend bis ans Heft, den Stahl.
Schwarzquellend springt des Blutes Strahl;
Hin sinkt es und begräbt im Falle
Mich mit des Leibes Riesenballe,
Daß schnell die Sinne mir vergehn;
250 Und als ich neugestärkt erwache,
Seh' ich die Knappen um mich stehn,
Und tot im Blute liegt der Drache". —

Des Beifalls lang' gehemmte Lust
Befreit jetzt aller Hörer Brust,
255 Sowie der Ritter dies gesprochen;
Und zehnfach am Gewölb' gebrochen,
Wälzt der vermischten Stimmen Schall
Sich brausend fort im Wiederhall.
Laut fordern selbst des Ordens Söhne,
260 Daß man die Heldenstirne kröne,
Und dankbar im Triumphgepräng'
Will ihn das Volk dem Volke zeigen;

233. Vgl. Ovid, Met. 3, 94. **239.** Vgl. ebd. 3, 78 (u. 43). **243** f.
Vgl. ebd. 3, 67 u. 90 f. — Gekröse] Eingeweide. **253—300**:
Die Verurteilung und die Begnadigung. **253** f. Je länger
die Erfüllung des Verlangens, dem Helden Beifall zu spenden, durch
die Rede gehemmt worden war, desto drückender lastete allen „Hörern"
dieses Hemmnis auf der Brust: erst das Ende der Rede bot die Mög=
lichkeit, die Brust von dieser Last zu entledigen. **262**. das Volk
dem Volke] das Volk, das in den Saal gedrungen ist, dem Volke, das
draußen harrt.

Da faltet seine Stirne streng
Der Meister und gebietet Schweigen.

265 Und spricht: „Den Drachen, der dies Land
Verheert, schlugst du mit tapfrer Hand;
Ein Gott bist du dem Volke worden —
Ein Feind kommst du zurück dem Orden,
Und einen schlimmern Wurm gebar
270 Dein Herz, als dieser Drache war.
Die Schlange, die das Herz vergiftet,
Die Zwietracht und Verderben stiftet,
Das ist der widerspenst'ge Geist,
Der gegen Zucht sich frech empöret,
275 Der Ordnung heilig Band zerreißt:
Denn der ist's, der die Welt zerstöret.

„Mut zeiget auch der Mameluck:
Gehorsam ist des Christen Schmuck;
Denn wo der Herr in seiner Größe
280 Gewandelt hat in Knechtesblöße,
Da stifteten auf heil'gem Grund
Die Väter dieses Ordens Bund,

---

263. streng] voll Unmut, besonders über die Kurzsichtigkeit und Verblendung der Ordensleute.   269 ff. einen schlimmern Wurm] „Es giebt nichts Herrlicheres als dieses Bild, da die Vergleichung ebenso unerwartet kommt, als sie nahe liegt und sich auf eine Gestalt bezieht, die noch unsere ganze Seele erfüllt." Hoffmeister.   271 ff. „Die Schlange" ist Prädikatsnomen, „der widerspenst'ge Geist" ist Subjekt.   276. der die Welt zerstöret] weil ohne Zucht und Ordnung die Welt, d. h. die menschliche Gesellschaft, nicht bestehen kann. — Beachte die packenden Gegensätze: Land: Welt; Verheert: zerstöret; schlugst (= vernichtetest) du: gebar dein Herz (= riefst du ins Dasein); Gott: Feind: Volk: Orden; schlimmern Wurm: dieser Drache.   277. Mut] kühnen Soldatentrotz. — Mamelucken] (arab.: mamlūk = Sklave) nannte man die aus kaukasischen Sklaven gebildete Leibwache der ägyptischen Sultane.   278. Gehorsam] nicht als äußere aufgezwungene Rechtspflicht aufgefaßt, sondern als freiwillige Entäußerung des eigenen Willens d. h. als christliche Tugend, die das ganze Innere des Menschen erfüllt und geübt wird aus Liebe zu Gott.   280. in Knechtesblöße, arm und gehorsam (dem Willen seines ewigen Vaters). Vgl. die schönen Worte des hl. Paulus, Philipp. 2, 5 ff.: „So sollt ihr gesinnt sein, wie auch Christus Jesus gesinnt war, der, da er in Gottes Gestalt war, . . . sich selbst entäußerte, Knechtsgestalt annahm, den

17   Der Pflichten schwerste zu erfüllen,
     Zu bändigen den eignen Willen.
235 Dich hat der eitle Ruhm bewegt;
     Drum wende dich aus meinen Blicken!
     Denn wer des Herren Joch nicht trägt,
     Darf sich mit seinem Kreuz nicht schmücken."

     Da bricht die Menge tobend aus.
290 Gewalt'ger Sturm bewegt das Haus;
     Um Gnade flehen alle Brüder.
     Doch schweigend blickt der Jüngling nieder;
     Still legt er von sich das Gewand
     Und küßt des Meisters strenge Hand
295 Und geht. Der folgt ihm mit dem Blicke,
     Dann ruft er liebend ihn zurücke
     Und spricht: „Umarme mich, mein Sohn!
     Dir ist der härtre Kampf gelungen.
     Nimm dieses Kreuz! Es ist der Lohn
300 Der Demut, die sich selbst bezwungen."

Menschen gleich und im Äußern wie ein Mensch erfunden ward. Er erniedrigte sich selbst und ward gehorsam bis zum Tode, ja bis zum Tode am Kreuze." 283. „Wer schlägt den Löwen, schlägt den Riesen, Wer überwindet den und diesen? Nur jener thut es, der sich selber zwingt." Walther v. d. V. — „Tapfer ist der Löwensieger, Tapfer ist der Weltbezwinger, Tapfrer, wer sich selbst bezwang." Herder. — „Sich selbst bekämpfen ist der allerschwerste Krieg, Sich selbst besiegen ist der allerschönste Sieg." Logau. — „Das ist ein vollkommener Sieg: über sich selbst zu triumphieren, indem der, der sich selbst in Unterwerfung hält, ... ein wahrhaftiger Überwinder seiner selbst ist und ein Herr der Welt." Nachf. Christi III, 53, 2.   285 f. „Wer eiteln Ruhm verachten konnte, erlangt den wahren Ruhm." Liv. 22, 39, 19. „Wahrlich, eitler Ruhm ist eine böse Pest, weil er abzieht von wahrer Ehre ... Während der Mensch sich selbst gefällt, mißfällt er Gott; während er lechzt nach menschlichem Lobe, wird er aller wahren Tugenden beraubt." Nachf. Chr. III, 40, 4.   287 f. „Wer sich dem Gehorsam zu entziehen sucht, entzieht sich selbst der Gnade Christi"; ebd. III, 13, 1. — Kreuz] synekdochisch: Ordensmantel.   289 ff. Die Menge sieht in der That des Ritters keine Pflichtverletzung, wohl aber die Ordenssöhne; vgl. z. 263. — Sturm] der Entrüstung.   293 f. Er fügt sich willig und bescheiden der schweren, aber, wie er jetzt erkennt, verdienten Strafe (der Ausstoßung aus dem Orden).   295. Der ... Blicke] etwa bis zum Ausgange des Saales.   298. der härtre Kampf] Vgl. V. 269 f. 299. Kreuz] Vgl. V. 288.   300. Der Demut] des demütigen Herzens.

18. Die Bürgschaft.
Ballade.

Zu Dionys, dem Tyrannen, schlich
Möros, den Dolch im Gewande;
Ihn schlugen die Häscher in Bande.
„Was wolltest du mit dem Dolche? Sprich!"
5 Entgegnet ihm finster der Wüterich. —
„Die Stadt vom Tyrannen befreien!" —
„Das sollst du am Kreuze bereuen."

„Ich bin," spricht jener, „zu sterben bereit
Und bitte nicht um mein Leben;
10 Doch willst du Gnade mir geben,
Ich flehe dich um drei Tage Zeit,
Bis ich die Schwester dem Gatten gefreit.

Die Bürgschaft. Vom 27. bis zum 30. August 1798 gedichtet; der Stoff ist der 257. Fabel des römischen Schriftstellers Hyginus entlehnt; vgl. Anhang. Bei Hygin heißen die beiden Freunde **Möros** und **Selinuntios**, von andern Schriftstellern werden sie **Damon** und **Phintias** genannt und erscheinen als Mitglieder des Pythagoreerbundes. — Das nach Anlage und Darstellung vollendete Gedicht preist die Stärke der **Freundestreue**; vgl. V. 137; auf die lebendige Veranschaulichung dieser Tugend ist alles abgesehen, alle Einzelgedanken richten sich möglichst auf dieses eine Ziel. Daher die gedrängte Kürze bei allem, was dem angedeuteten Zwecke nicht unmittelbar dient, daher die Häufung der aufeinander folgenden **äußeren Hindernisse** und der **inneren Versuchungen**, daher auch das eilende anapästische, mit Jamben untermischte Metrum. — Beachtenswert ist auch die dramatische Anlage (1. Scene: Möros bei Dionys, 2. Sc.: M. beim Freunde, 3. Sc.: M. auf dem Rückwege, 4. Sc.: des M. Ankunft), die an der Einheit der Person strenge festhält; schön ist die leise Andeutung der Tageszeiten (V. 32, 53 f., 78, 92 ff., 101, 120), die die verschiedenartigen Hindernisse, die Möros zu bestehen hat, miteinander verbindet und jedem seinen Rahmen giebt; anschaulich ist die Seelenstimmung des zurückkehrenden Freundes geschildert. **1—35:** Der Tyrann und die Freunde. **1.** Dionys] der Ältere von Syrakus, durch seine Grausamkeit und seinen Argwohn berüchtigt, regierte von 406—367. **2.** den Dolch] anschaulicher als: einen Dolch. **3.** Häscher] satellites bei Hygin. **5.** Entgegnet ihm] mit dieser Frage tritt ihm entgegen. **6 f.** Die lakonische Kürze entspricht der Gemütsart der beiden Sprecher, der Strenge des „Wüterichs", dem stolzen Mannesmute des Möros. **11.** Ich flehe dich] statt: so flehe ich dich an; vgl. Tell I, 1, 132. **12.** gefreit] dem (zukünftigen) Gatten angetraut habe. „Freien" sonst: werben.

18 „Ich lasse den Freund dir als Bürgen;
Ihn magst du, entrinn' ich, erwürgen."

15 Da lächelt der König mit arger List
Und spricht nach kurzem Bedenken:
„Drei Tage will ich dir schenken;
Doch wisse, wenn sie verstrichen, die Frist,
Eh' du zurück mir gegeben bist,
20 So muß er statt deiner erblassen;
Doch dir ist die Strafe erlassen."

Und er kommt zum Freunde: „Der König gebeut,
Daß ich am Kreuz mit dem Leben
Bezahle das frevelnde Streben;
25 Doch will er mir gönnen drei Tage Zeit,
Bis ich die Schwester dem Gatten gefreit;
So bleib du dem König zum Pfande,
Bis ich komme, zu lösen die Bande!"

Und schweigend umarmt ihn der treue Freund
30 Und liefert sich aus dem Tyrannen;
Der andere ziehet von dannen.
Und ehe das dritte Morgenrot scheint,
Hat er schnell mit dem Gatten die Schwester vereint,
Eilt heim mit sorgender Seele,
35 Damit er die Frist nicht verfehle.

---

14. erwürgen] Nach Luthers Sprachgebrauch allgemein für: umbringen; vgl. V. 125.   15. mit arger List] (vgl. 16, 34) weil er, der den Glauben an die sittlichen Güter der Menschheit verloren, nach seiner Menschenverachtung fest überzeugt war, daß Möros nicht zurückkehren werde: alsdann, so rechnete der Tyrann, würden die Verzweiflung und der Tod des betrogenen Freundes seiner Grausamkeit eine besondere Befriedigung gewähren.   18. Vgl. z. 13, 29.   21. In diesem Zugeständnisse liegt eine versteckte Verführung des Möros zur Untreue. 22. er kommt] Von einer begleitenden Wache schweigt der zur Hauptsache eilende Dichter. „Ungeduldiges Eilen und Drängen, leidenschaftliche Spannung herrscht fast durch das ganze Stück." Viehoff.   24. frevelnde] So faßt der Tyrann, nicht Möros, das „Streben" auf. 27. So] unter diesen Umständen, unterdes.   32 f. Die Trauung ist am zweiten Tage erfolgt.

Die Bürgschaft.

Da gießt unendlicher Regen herab;
Von den Bergen stürzen die Quellen,
Und die Bäche, die Ströme schwellen.
Und er kommt ans Ufer mit wanderndem Stab;
40 Da reißet die Brücke der Strudel hinab,
Und donnernd sprengen die Wogen
Des Gewölbes krachenden Bogen.

Und trostlos irrt er an Ufers Rand;
Wie weit er auch spähet und blicket
45 Und die Stimme, die rufende, schicket,
Da stößet kein Nachen vom sichern Strand,
Der ihn setze an das gewünschte Land;
Kein Schiffer lenket die Fähre,
Und der wilde Strom wird zum Meere.

50 Da sinkt er ans Ufer und weint und fleht,
Die Hände zum Zeus erhoben:
„O hemme des Stromes Toben!
Es eilen die Stunden; im Mittag steht
Die Sonne, und wenn sie niedergeht,
55 Und ich kann die Stadt nicht erreichen,
So muß der Freund mir erbleichen."

Doch wachsend erneut sich des Stromes Wut,
Und Welle auf Welle zerrinnet,
Und Stunde an Stunde entrinnet.
60 Da treibt ihn die Angst, da faßt er sich Mut

36—119: Die Prüfung der Treue; 36—91: drei äußere Hindernisse; 92—119: zwei innere Versuchungen. **36.** unendlicher Regen] ἀθέσφατος ὄμβρος. Homer, Jl. 3, 4. **39.** mit wanderndem Stab] mit dem Wanderstabe; vgl. V. 34 u. 66. **40.** Vgl. 19, 75 ff. **41** f. Das Ganze ist vom Klange des r und o beherrscht; vgl. Bürger, Lied v. brav. M. Str. 12. **43.** an Ufers Rand] Dem vorangestellten Genitiv ist der Artikel genommen und jener wie ein Eigenname behandelt; vgl. V. 101 u. 14, 54. **45.** Vgl. 15, 35. **46.** stößet] statt: stößt. Vgl. z. 14, 41. — Strand] eigentl.: Ufer des Meeres; vgl. V. 49. **50.** und weint und fleht] und fleht weinend. **51.** zum Zeus] als Oberherrn der Götter und Urheber aller Naturerscheinungen. — Vgl. Homer, Jl. 5, 174: Διὶ χεῖρας ἀνασχών. **54** f. Der Satzbau prägt die Angst des Flehenden aus. **57** ff. Die W-Alliteration wirkt malerisch. — zerrinnet... entrinnet] Der gleiche

18 Und wirft sich hinein in die brausende Flut
Und teilt mit gewaltigen Armen
Den Strom, und ein Gott hat Erbarmen.

Und gewinnt das Ufer und eilet fort
65 Und danket dem rettenden Gotte;
Da stürzet die raubende Rotte
Hervor aus des Waldes nächtlichem Ort,
Den Pfad ihm sperrend, und schnaubet Mord
Und hemmet des Wanderers Eile
70 Mit drohend geschwungener Keule.

„Was wollt ihr?" ruft er, für Schrecken bleich;
„Ich habe nichts als mein Leben,
Das muß ich dem Könige geben!"
Und entreißt die Keule dem nächsten gleich:
75 „Um des Freundes willen erbarmet euch!"
Und drei mit gewaltigen Streichen
Erlegt er; die andern entweichen.

Und die Sonne versendet glühenden Brand,
Und von der unendlichen Mühe
80 Ermattet, sinken die Kniee:
„O, hast du mich gnädig aus Räubershand,
Aus dem Strom mich gerettet ans heilige Land,
Und soll hier verschmachtend verderben,
Und der Freund mir, der liebende, sterben!"

Reim ist beabsichtigt. — Beachte die in den beigeordneten Sätzen (V. 58 f.) liegende Vergleichung. 62. gewaltigen] in der Not Gewalt gewinnenden. 63. und ... Erbarmen] Homerisch: „Da nun erbarmte sich mein auf meinem einsamen Pfade Irgend ein Gott." Od. 10, 157. 67. nächtlichem Ort] Dunkel. 68. Mord] vor Mordlust. — Vgl. 15, 27 f. 71. für Schrecken] weil er durch den drohenden Tod den Ruf der Freundestreue gefährdet sieht. „Für" altertümlich statt „vor"; vgl. Wall. L. 6, 121: für Ungeduld; Goethe, Götz I, 3, 33: für Freuden; ebd. 205: für lauter Gelehrsamkeit. 78. Stechender Sonnenbrand nach starken Regengüssen ist, besonders im Süden, nichts Ungewöhnliches. 79. Mühe] des Schwimmens, des Laufes, des Kampfes. 80 ff. Goethe meinte, „der Phantasie und Gemütsstimmung käme der Durst hier nicht ganz recht". — heilige] heilbringende, rettende. Der Ausdruck ist ein Ausfluß der Stimmung, womit der aus der Gefahr des Ertrinkens Befreite das Ufer betrachtet hat. 84. der Freund, der liebende]

Die Bürgschaft.

85 Und horch! da sprudelt es silberhell,
Ganz nahe, wie rieselndes Rauschen,
Und stille hält er, zu lauschen.
Und sieh, aus dem Felsen, geschwätzig, schnell,
Springt murmelnd hervor ein lebendiger Quell,
90 Und freudig bückt er sich nieder
Und erfrischet die brennenden Glieder.

Und die Sonne blickt durch der Zweige Grün
Und malt auf den glänzenden Matten
Der Bäume gigantische Schatten;
95 Und zwei Wanderer sieht er die Straße ziehn,
Will eilenden Laufes vorüberfliehn;
Da hört er die Worte sie sagen:
„Jetzt wird er ans Kreuz geschlagen."

Und die Angst beflügelt den eilenden Fuß;
100 Ihn jagen der Sorge Qualen.
Da schimmern in Abendrots Strahlen
Von ferne die Zinnen von Syrakus,
Und entgegen kommt ihm Philostratus,
Des Hauses redlicher Hüter;
105 Der erkennet entsetzt den Gebieter:

„Zurück! du rettest den Freund nicht mehr;
So rette das eigene Leben!
Den Tod erleidet er eben.
Von Stunde zu Stunde gewartet' er
110 Mit hoffender Seele der Wiederkehr;

18

Vgl. V. 45. 85 f. silberhell] natürlich vom Klange gemeint. — Lautmalerei. 88. geschwätzig] Horaz spricht (Od. III, 13, 15 f.) von loquaces lymphae, Ovid vom garrulus rivus. 91. erfrischet ...] durch einen Trunk, vielleicht auch durch Waschen des Gesichtes, der Hände und Füße. 93. auf den glänzenden Matten] auf den von der Sonne schräg bestrahlten Waldwiesen. 94. Je mehr die Sonne zur Neige geht, desto mehr wachsen die Schatten ins „Riesenhafte". 103. Philostratus] (willkürlich gewählter Name) ist ihm absichtlich entgegengegangen. 104. Der Hausverwalter. 105. entsetzt] weil er überzeugt ist, daß sein Herr in sein offenes Verderben renne; die Zusicherung des launenhaften Tyrannen (V. 21) achtet er für nichts (vgl. V. 107). 107. So] Drum.

Ihm konnte den mutigen Glauben
Der Hohn des Tyrannen nicht rauben." —

„Und ist es zu spät, und kann ich ihm nicht
Ein Retter willkommen erscheinen,
115 So soll mich der Tod ihm vereinen.
Des rühme der blut'ge Tyrann sich nicht,
Daß der Freund dem Freunde gebrochen die Pflicht;
Er schlachte der Opfer zweie
Und glaube an Liebe und Treue!"

120 Und die Sonne geht unter; da steht er am Thor
Und sieht das Kreuz schon erhöhet,
Das die Menge gaffend umstehet;
An dem Seile schon zieht man den Freund empor,
Da zertrennt er gewaltig den dichten Chor:
125 „Mich, Henker," ruft er, „erwürget!
Da bin ich, für den er gebürget!"

Und Erstaunen ergreifet das Volk umher;
In den Armen liegen sich beide
Und weinen vor Schmerzen und Freude.
130 Da sieht man kein Auge thränenleer,
Und zum Könige bringt man die Wundermär;
Der fühlt ein menschliches Rühren,
Läßt schnell vor den Thron sie führen.

Und blicket sie lange verwundert an;
135 Drauf spricht er: „Es ist euch gelungen,
Ihr habt das Herz mir bezwungen;

---

111. mutigen] überzeugungsvollen, standhaften.   116 f. Der Beweis
der Treue geht ihm über jede andere Rücksicht. — blut'ge] blutver-
gießende.   117. Daß er es dahin gebracht habe, daß der Freund dem
Freunde ...   118. zweie] Die unorganische Verlängerung des „zwei"
um ein e bei voranstehendem Genitiv kommt, besonders in der Volks-
sprache, häufiger vor.   **120—140: Der Triumph der Treue.**
120. am Thor] Dort ist der Richtplatz.   124. Chor] Schar.   125 f.
„Exclamatque a longe: Sustine, carnifex! adsum, quem spopondit."
Hygin.   128. Daß die überraschten und stutzenden Henker das Seil
locker gelassen haben, wird übergangen; vgl. z. V. 22.   129. vor
Schmerzen] weint Selinuntios, weil der Freund nun sterben muß, vor
Freude Möros, weil er den Beweis der Treue geliefert hat und den
Freund gerettet sieht.   132. Rühren] Rührung.   134. lange verwundert]

Und die Treue, sie ist doch kein leerer Wahn. 18—19
So nehmet auch mich zum Genossen an!
Ich sei, gewährt mir die Bitte,
140 In eurem Bunde der dritte!"

19. Der Graf von Habsburg. 19
Ballade.
Zu Aachen in seiner Kaiserpracht,
Im altertümlichen Saale,
Saß König Rudolfs heilige Macht
Beim festlichen Krönungsmahle.
5 Die Speisen trug der Pfalzgraf des Rheins:
Es schenkte der Böhme des perlenden Weins,

---

weil er, der Pessimist, die Wahrheit des Geschehenen nicht recht fassen kann. **137.** doch] obgleich ich es bis jetzt wähnte. „Und die Tugend, sie ist kein leerer Schall." Schiller, Worte d. Gl. **138.** So] Vgl. V. 107. **138 ff.** Die Bitte des „blutigen Tyrannen", der bisher freudelos und freundlos in der Welt dastand, ist als das Ergebnis der augenblicklichen Aufwallung, der Rührung und Bewunderung, anzusehen und insofern nicht „störend und (psychologisch) unwahrscheinlich".

Der Graf von Habsburg. Die aus des Dichters Beschäftigung 19 mit „Tell" hervorgegangene Ballade ist am 25. April 1803 vollendet: Quelle ist des Ägidius Tschudi († 1572) Chronicon Helveticum (vgl. Nr. 7 u. Anhang). Die in der Vorlage weit auseinander liegenden Vorfälle werden in einer Scene in straffer, geschlossener Ordnung vorgeführt; Priester, gottbegeisterter Verkündiger des Segensspruches und Sänger sind zu einundderselben Person verschmolzen. — Das Gedicht hält sich von aller epischen Ruhe fern und ist von lyrischem Schwunge: in gehobener, feierlicher Sprache und lebendigem, anapästisch=jambischem Rhythmus bringt es den Gedanken zur Anschauung, daß demuts= voller Sinn und frommer Glaube oft schon hier auf der Welt mit hohem Glücke von Gott belohnt werden; vgl. Ovid. Met. 8, 724; Homer, Il. 1, 218. **1—20:** Das Krönungsmahl. **1.** Aachen] die Grabstätte Karls d. Gr., war Krönungsstätte der Könige bis 1562, wo es von Frankfurt, der Hauptwahlstätte der Könige, in seiner Würde verdrängt wurde. **3.** Rudolfs heilige Macht] Rudolfs mächtige und geheiligte Persönlichkeit; Ausdruck mit Anlehnung an die Vossische Übersetzung des Homerischen ἱερὸν μένος (Ἀλκινόοιο) Od. 7, 167 gewählt: vgl. z. 15, 31 f. **4.** Krönungstag war der 24. Okt. 1273. **5.** der Pfalzgraf] als Erztruchseß. **6.** des perlenden Weins] Genit. dem französ. articlo partitif entsprechend. — „Für die, welche die Geschichte jener Zeit kennen, bemerke ich noch, daß ich recht gut weiß, daß Böhmen [König Ottokar] sein Erz[schenken]amt bei Rudolfs Kaiserkrönung nicht ausübte." Schiller.

19 Und alle die Wähler, die sieben,
    Wie der Sterne Chor um die Sonne sich stellt,
    Umstanden geschäftig den Herrscher der Welt,
10   Die Würde des Amtes zu üben.

    Und rings erfüllte den hohen Balkon
        Das Volk in freud'gem Gedränge;
    Laut mischte sich in der Posaunen Ton
        Das jauchzende Rufen der Menge;
15 Denn geendigt nach langem verderblichen Streit
    War die kaiserlose, die schreckliche Zeit,
        Und ein Richter war wieder auf Erden.
    Nicht blind mehr waltet der eiserne Speer;
    Nicht fürchtet der Schwache, der Friedliche mehr,
20   Des Mächtigen Beute zu werden.

    Und der Kaiser ergreift den goldnen Pokal
        Und spricht mit zufriedenen Blicken:
    „Wohl glänzet das Fest, wohl pranget das Mahl,
        Mein königlich Herz zu entzücken;
25 Doch den Sänger vermiss' ich, den Bringer der Lust,
    Der mit süßem Klang mir bewege die Brust
        Und mit göttlich erhabenen Lehren.
    So hab' ich's gehalten von Jugend an,

---

8. Sterne] Planeten, deren man 7 annahm, Sonne, Mond und 5 andere, die sich jedoch nach damaliger Vorstellung um die Erde (nicht um die Sonne) bewegten. Vgl. Schiller, Macb. I, 8: „Die gleich Gestirnen unsern Thron umschimmern"; Kleist, Käthch. II, 6: „Von den Rittern des Landes umringt, gleich einer Sonne unter ihren Planeten." 9. Herrscher der Welt] kann als Ehrenname gelten für den deutschen König, insofern er „römischer Kaiser" war oder werden konnte. Vgl. Tell I, 2, 84; 122 f.: „Wir wagten es, ein schwaches Volk der Hirten, In Kampf zu gehen mit dem Herrn der Welt?" — II, 1, 119.   10. Amtes] Erzamtes.   11. Balkon] Galerie, die den Saal umgiebt. 16. die kaiserlose, die schreckliche Zeit] das Interregnum 1256—1273; die Zeit des Faustrechtes.   17. ein Richter] der durch kräftige Handhabung des Landfriedens der Rechtsunsicherheit ein Ende machte, indem er die Frevel bestrafte und der rohen Selbsthilfe steuerte.   **21—30:** Des „Kaisers" Wunsch.   21. Kaiser] Kaiser im mittelalterlichen Sinne, d. i. römischer Kaiser, ist Rudolf nie geworden.   **23 ff.** Vgl. Schiller, Die vier Weltalter.   27. Man denke an die mhd. Spruchdichtung.   28. So] Diesen Brauch, die Kunst des Gesanges auf mich einwirken zu lassen und sie zu pflegen, habe ich von jeher

Und was ich als Ritter gepflegt und gethan,
30 Nicht will ich's als Kaiser entbehren."

Und sieh! in der Fürsten umgebenden Kreis
Trat der Sänger im langen Talare;
Ihm glänzte die Locke silberweiß,
Gebleicht von der Fülle der Jahre.
35 „Süßer Wohllaut schläft in der Saiten Gold;
Der Sänger singt von der Minne Sold,
Er preiset das Höchste, das Beste,
Was das Herz sich wünscht, was der Sinn begehrt;
Doch sage, was ist des Kaisers wert
40 An seinem herrlichsten Feste?" —

„Nicht gebieten werd' ich dem Sänger," spricht
Der Herrscher mit lächelndem Munde.
„Er steht in des größeren Herren Pflicht;
Er gehorcht der gebietenden Stunde.
45 Wie in den Lüften der Sturmwind saust,
Man weiß nicht, von wannen er kommt und braust,
Wie der Quell aus verborgenen Tiefen,
So des Sängers Lied aus dem Innern schallt
Und wecket der dunkeln Gefühle Gewalt,
50 Die im Herzen wunderbar schliefen."

beobachtet. — Jedoch wollen zeitgenössische Sänger die „Milde" Rudolfs nicht besonders loben, sondern beschuldigen ihn geradezu der Kargheit. **31—50**: Des Sängers Auftreten. **31.** in . . . Kreis] in den Kreis der Fürsten, die ihn umgaben. **32.** Talare] priesterlichen Talare. — Vgl. Schlegel, Arion Str. 10. **35.** Vgl. Schiller, Kassandra V. 4; Ovid, Met. 11, 170. — Süßer] als Thesis des Anapästs gemessen; vgl. „Trat der" in V. 32. **36 ff.** Vgl. Uhland, Des Sängers Fluch Str. 7. — von der Minne Sold] von dem Lohn der Liebe, der in herzlicher Gegenliebe besteht. **43 f.** Vgl. 4, 29 u. Homer, Od. 1, 346 ff. — der gebietenden Stunde] dem unwiderstehlichen Drange einer „rechten Gnadenstunde", dem Augenblicke der Begeisterung. **45 f.** Vgl. Johannes 3, 8: „Der Wind weht, wo er will; du hörst sein Sausen, du weißt aber nicht, von wannen er kommt, oder wohin er geht." **47.** Vgl. Schiller, Die Macht des Gesanges Str. 1. **48.** So] Vergleichungspunkt ist das Geheimnisvolle des Ursprungs und die plötzlich wirkende Gewalt im Herzen des Dichters. **50.** deren Dasein er vorher selbst kaum ahnte.

19 Und der Sänger rasch in die Saiten fällt
Und beginnt sie mächtig zu schlagen:
„Aufs Weidwerk hinaus ritt ein edler Held,
Den flüchtigen Gemsbock zu jagen.
55 Ihm folgte der Knapp' mit dem Jägergeschoß,
Und als er auf seinem stattlichen Roß
In eine Au kommt geritten,
Ein Glöcklein hört er erklingen fern;
Ein Priester war's mit dem Leib des Herrn;
60 Voran kam der Mesner geschritten.

Und der Graf zur Erde sich neiget hin,
Das Haupt mit Demut entblößet,
Zu verehren mit gläubigem Christensinn,
Was alle Menschen erlöset.
65 Ein Bächlein aber rauschte durchs Feld,
Von des Gießbachs reißenden Fluten geschwellt,
Das hemmte der Wanderer Tritte;
Und beiseit legt jener das Sakrament;
Von den Füßen zieht er die Schuhe behend,
70 Damit er das Bächlein durchschritte.

„Was schaffst du?" redet der Graf ihn an,
Der ihn verwundert betrachtet.
„Herr, ich walle zu einem sterbenden Mann,
Der nach der Himmelskost schmachtet;

51—110: Des Sängers Lied von Rudolfs Edelsinn und von der segnenden Prophezeiung des Priesters. **51.** fällt] greift. Vgl. 4, 16. **53.** ritt] ist auffällig; denn auf die Gemsjagd reitet man nicht; vgl. V. 85 f. **55.** Jägergeschoß] Armbrust und Pfeile: anders 17, 137. **57.** Au] got. ahva, lat. aqua; eigentl. wasserumflossenes oder gewässertes Land, also Insel oder Wiese (vgl. V. 65). **60.** Mesner] Nicht von „Messe", sondern vom mittellat. mansionarius = Haushüter, Kirchendiener; mansio (von lat. manere) = frz. maison. **62.** entblößet] Particip. **64.** Was] Gemeint ist das Sakrament, d. h. der unter der Gestalt des Brotes gegenwärtige Erlöser. **66.** Gießbäche, deren es in den Hochalpen eine große Menge giebt, nennt man die von den Bergen herniederstürzenden Gewässer, die oft, besonders nach Gewittern und zur Zeit der Schnee- und Eisschmelze, ungeheure Wassermassen zu Thale fördern und die Bäche zum Schwellen bringen. **68.** das Sakrament] das Gefäß, worin das Sakrament verwahrt ist. **71.** Was schaffst du?] Verb oberdeutsch mundartlich, schwach flektiert: Was machst du da? Vgl. Goethe, Götz I, 5, 94. **74.** Himmelskost]

75 Und da ich mich nahe des Baches Steg,
Da hat ihn der strömende Gießbach hinweg
Im Strudel der Wellen gerissen.
Drum daß dem Lechzenden werde sein Heil,
So will ich das Wässerlein jetzt in Eil'
80   Durchwaten mit nackenden Füßen."

Da setzt ihn der Graf auf sein ritterlich Pferd
Und reicht ihm die prächtigen Zäume,
Daß er labe den Kranken, der sein begehrt,
Und die heilige Pflicht nicht versäume.
85 Und er selber auf seines Knappen Tier
Vergnüget noch weiter des Jagens Begier:
Der andre die Reise vollführet.
Und am nächsten Morgen, mit dankendem Blick,
Da bringt er dem Grafen sein Roß zurück,
90   Bescheiden am Zügel geführet.

„Nicht wolle das Gott," rief mit Demutsinn
Der Graf, „daß zum Streiten und Jagen
Das Roß ich beschritte fürderhin,
Das meinen Schöpfer getragen!
95 Und magst du's nicht haben zu eignem Gewinst,
So bleib' es gewidmet dem göttlichen Dienst!
Denn ich hab' es dem ja gegeben,
Von dem ich Ehre und irdisches Gut

Ähnliche fromme Bezeichnungen sind: Himmelsbrot, Brot der Engel, Manna. — Vgl. Psalm 41 (Luther 42), 2.   77. Im Strudel der Wellen] Lokal und instrumental zugleich: in und mit seinen strudelnden (wirbelnden) Wellen hinweggerissen. 78. Lechzenden] Vgl.: „schmachtet" V. 74 und „labe" V. 83. Vgl. Tell V, 2, 26.   81. jetzt hieß sich setzen.   86. Vergnüget] befriedigt; vgl. Schiller, Br. v. Meis. III, 3 (190).   88. Blick] sagt zu wenig; Dankesworte waren durchaus nötig.   90. Das Reiten erscheint ihm nicht standesgemäß.   91. Demutsinn] keine glückliche Neubildung, da der dritte Teil des Wortes schon im zweiten ausgesprochen liegt. Demut, ahd. deo-muoti, mhd. die-muete, eigentl. s. v. w. Gesinnung eines Knechtes; gewöhnlich den Begriff des biblisch-lat. humilitas ausdrückend.   93. Beschreiten wird im älteren Nhd. mit Vorliebe vom Besteigen des Pferdes gebraucht.   94. Schöpfer] Vgl. Johannes 1, 3.   98 ff. Wirksame Polysyndese. — Zu Lehen trage] als Lehen innehabe zur vorläufigen Nutznießung:

<small>19</small> Zu Lehen trage und Leib und Blut
100 Und Seele und Atem und Leben." —

„So mög' auch Gott, der allmächtige Hort,
Der das Flehen der Schwachen erhöret,
Zu Ehren Euch bringen hier und dort,
So wie Ihr jetzt ihn geehret.
105 Ihr seid ein mächtiger Graf, bekannt
Durch ritterlich Walten im Schweizerland;
Euch blühn sechs liebliche Töchter.
So mögen sie," rief er begeistert aus,
„Sechs Kronen Euch bringen in Euer Haus
110 Und glänzen die spätsten Geschlechter!"

Und mit sinnendem Haupt saß der Kaiser da,
Als dächt' er vergangener Zeiten;
Jetzt, da er dem Sänger ins Auge sah,
Da ergreift ihn der Worte Bedeuten.
115 Die Züge des Priesters erkennt er schnell
Und verbirgt der Thränen stürzenden Quell
In des Mantels purpurnen Falten.
Und alles blickte den Kaiser an
Und erkannte den Grafen, der das gethan,
120 Und verehrte das göttliche Walten.

---

bei der damaligen Blüte des Lehnswesens der Standesanschauung des Grafen entsprechend; vgl. Tschudis Erzählung. **101.** Mit Anlehnung an die Bibelsprache; vgl. 2. Sam. 22, 3: „Gott ist mein Hort." Der Segensspruch des Priesters gehört natürlich der Vergangenheit an; vgl. V. 108. **105.** mächtiger Graf] Rudolf hatte klug das Interregnum zur Erweiterung seiner Macht benutzt, so daß er schließlich über den größten Teil der heutigen deutschen Schweiz und das obere Elsaß teils als Grundherr, teils als Inhaber der gräflichen Rechte verfügte. **109.** Thatsächlich wurde jede seiner 6 Töchter eines Fürsten Gemahlin. **111—120:** Die Wirkung des Liedes. **113.** Jetzt] nach dem Ende des Liedes. **114.** der Worte] des Liedes. — Bedeuten] Bedeutung, Sinn, Zweck; vgl. 18, 132. **116** f. Vgl. Homer, Od. 8, 83 ff.; Schiller, J. v. Orl. I, 10, 35. **119.** erkannte den] erkannte in ihm den. **120.** das göttliche Walten] das sich in der Erfüllung der segnenden Prophezeiung kundgab.

20. Der Alpenjäger.

„Willst du nicht das Lämmlein hüten?
Lämmlein ist so fromm und sanft,
Nährt sich von des Grases Blüten,
Spielend an des Baches Ranft."
5 „„Mutter, Mutter, laß mich gehen,
Jagen nach des Berges Höhen!""

„Willst du nicht die Herde locken
Mit des Hornes munterm Klang?
Lieblich tönt der Schall der Glocken
10 In des Waldes Lustgesang."
„„Mutter, Mutter, laß mich gehen,
Schweifen auf den wilden Höhen!""

Der Alpenjäger. Entstand, wie „Der Graf von Habsburg" (und das „Berglied"), aus der Beschäftigung mit „Tell"; vor dem 5. Juli 1804 vollendet. — Die Ballade weicht von den übrigen insofern ab, als sie das episch erzählende Element (die Darstellung der Begebenheit) zurücktreten läßt und die Hervorhebung der Idee, deren vollständiger Ausdruck zugleich der Schluß des Gedichtes ist, zur Hauptsache macht. Darum nähert sich unsere Ballade der lyrisch=philo= sophischen (Gedanken=)Dichtung. Neben der im V. 47 ausgesprochenen Hauptidee veranschaulicht sie zugleich die zauberhafte Gewalt, die die Romantik der Hochgebirgswelt selbst auf eine rohe, wilde (vgl. V. 38) Natur ausübt, die ihre Freude nur am Zerstören und an der Übung der Kräfte hat. — Der ruhige, ernste, feste trochäische Rhythmus paßt besonders zum Charakter der letzten Strophen; an lautlichen Schön= heiten ist das ganze Gedicht reich. **1—18:** Der „wilde Knabe". Hauptzweck des Zwiegespräches ist die Charakteristik des Alpenjägers, und diese wird gegeben durch den Gegensatz in der Sinnesart von Mutter und Sohn, der das Spiel (Str. 1), die Unterhaltung (Str. 2) und die gefahrlose Beschäftigung (Str. 3) verabscheut. Was in ihm lebt, ist nicht die Kraft gesunder Jugend (vgl. Uhland, Des Knaben Berglied), sondern ist eine kühne, wild entflammte Leidenschaft. Vgl. Hedwig und Walther Tell im Tell III, 1. **3.** Grases Blüten] Blüten, die durch den Rasenteppich hervorsprießen. **4.** Ranft] mhd. ramft und ranft vom Verb rimpfen („rümpfen"), bedeutet 1. Kruste, 2. Einfassung, Saum, Rand, Ufer. **7.** locken] zusammenlocken (als Senne). **8.** des Hornes] des Alphornes, auf dem der Kuhreihen geblasen wird. **9.** der Schall der Glocken] das „Geläute" (Tell I, 1, 47) der Herdenglocken. **11 f.** Die zweite Antwort des Sohnes erscheint als Steigerung der ersten, wie die (zugleich die wachsende Un= geduld bekundende) dritte, V. 17 f., eine Steigerung der zweiten ist.

„Willst du nicht der Blümlein warten,
Die im Beete freundlich stehn?
15 Draußen ladet dich kein Garten;
Wild ist's auf den wilden Höhn!"
„„Laß die Blümlein, laß sie blühen!
Mutter, Mutter, laß mich ziehen!""

Und der Knabe ging zu jagen,
20 Und es treibt und reißt ihn fort,
Rastlos fort mit blindem Wagen
An des Berges finstern Ort;
Vor ihm her mit Windesschnelle
Flieht die zitternde Gazelle.

25 Auf der Felsen nackte Rippen
Klettert sie mit leichtem Schwung,
Durch den Riß geborstner Klippen
Trägt sie der gewagte Sprung;
Aber hinter ihr verwogen
30 Folgt er mit dem Todesbogen.

Jetzo auf den schroffen Zinken
Hängt sie, auf dem höchsten Grat,
Wo die Felsen jäh versinken,
Und verschwunden ist der Pfad, —

19—36: Der ungestüme Jäger. (Vgl. Tell IV, 3, 76 ff.).
19. Knabe] Vgl. V. 38. Älterer Gebrauch ist es, auch den Jüngling bis zu seiner Verheiratung als „Knaben" zu bezeichnen; besonders häufig erscheint „Knabe" so im älteren Volksliede und auch bei Goethe („Sah ein Knab'..."). **20.** es] die Lust an Mühe und Gefahr, nicht so sehr der Reiz der Beute. **22.** finstern Ort] düstere Schluchten; vgl. 18, 67. **24.** Gazelle] Gemse. Die Gazelle lebt im nördlichen Afrika und in Arabien. — Vgl. Horaz, Od. I, 2, 11 ff.: pavidae ... dammae. **27.** geborstner] Spätere Lesart: „gespaltner". **28.** Die Gemse kann über breite Felsenklüfte mit Sicherheit springen. **29.** verwogen] Part. Prät. von „verwegen" (= erkühnen) s. v. w. mit überkühnem Wagemut; vgl. Berglied V. 10; Tell IV, 2, 114; 226. **31.** Zinken] die und der Zinke = Zacke: hervorstehende einzelne Spitze. Vgl. Berglied V. 25. **32.** Hängt] schwebt. Vgl. 17, 181. — Grat] eigentl.: scharfer Rand, Kante; hier: Bergrücken, dessen Seiten sich in einer felsig=scharfen Kante schneiden. („Grattier" = Gemse; vgl. Tell IV, 3, 82.)

Der Alpenjäger.

35 Unter sich die steile Höhe,
Hinter sich des Feindes Nähe.

Mit des Jammers stummen Blicken
Fleht sie zu dem harten Mann,
Fleht umsonst; denn loszudrücken
40 Legt er schon den Bogen an.
Plötzlich aus der Felsenspalte
Tritt der Geist, der Bergesalte.

Und mit seinen Götterhänden
Schützt er das gequälte Tier.
45 „Mußt du Tod und Jammer senden,"
Ruft er, „bis herauf zu mir?
Raum für alle hat die Erde;
Was verfolgst du meine Herde?"

---

35 f. Zwischen zwei Arten des Todes muß sie also wählen. **37—48:** Der Bergesalte. **37.** stummen] „doch vielbedeutenden"; vgl. M. Stuart I, 8, 58. — Die Gemse hat einen ausdrucksvollen Blick, wie ihre Verwandte, die Gazelle, die ihren Namen δορκάς (vgl. δέρκομαι: blicke) von den schönen, hellen Augen hat. **42.** Bergesalte] der greise Schutzgott der Bergbewohner. **43 f.** Im ersten Druck: „Schützend mit den Götterhänden Deckt er das verfolgte Tier." — gequälte] von Angst, Mühe und Not. **47 f.** Jedes Geschöpf hat Daseinsberechtigung und darum Anspruch auf Schonung, so lange es innerhalb der Schranken bleibt, die der Schöpfer ihm seiner Natur entsprechend angewiesen hat. Aus bloßer Wagelust in die ihm vorbehaltenen Gebiete einzudringen, dort aus reiner Zerstörungssucht sein friedliches Dasein zu bedrohen und zu vernichten hat niemand das Recht. — meine Herde] Vgl. 2, 10. — Die Begebenheit selbst ist wie im „Ring des Pol." zu keinem epischen Ausgange fortgeführt; denn das weitere Schicksal des Jägers bleibt uns unbekannt.

Anhang.

I. Zu Goethes Balladen.

Zu Nr. 3: „Erlkönig".

Über die Entstehung des Gedichtes ist seit 1858 folgende Erzählung verbreitet: „Es war im April 1781, als ein wohlhabender Landwirt, dessen einziges Kind von einer bösartigen Krankheit ergriffen worden war, so daß keiner der herbeigerufenen Ärzte ihm helfen konnte, dasselbe, auf das sorgfältigste eingehüllt, mit sich auf sein Pferd nahm und nach Jena ritt, um dort einen durch seine Kuren berühmten Professor der Medizin um Rat zu fragen. Wirklich kam er glücklich in der Universitätsstadt an, aber auch der dortige Arzt erklärte es für ein Ding der Unmöglichkeit, den Knaben zu retten. Trostlos bestieg der Vater mit dem Kinde wieder sein Pferd und eilte, an dem „Gasthaus zur Tanne" bei Jena vorbeijagend, seinem heimatlichen Dorfe zu; indessen, ehe er dasselbe erreichte, war der Liebling in seinen Armen verschieden. Einige Tage nach dieser Begebenheit kam Goethe nach Jena und hörte hier davon. Die Mitteilung ergriff ihn so gewaltig, und der Stoff, der ihm durch Herders Übersetzung des dänischen Volksliedes „Erlkönigs Tochter" vielfach schon vorgeschwebt haben mochte, begeisterte ihn dermaßen, daß er sich sofort in die einsam gelegene „Tanne" zurückzog und die herrliche Ballade dichtete."

Zu Nr. 6: „Der Zauberlehrling".

Lucian von Samosata, der geistreiche Spötter, der seine Glanzzeit unter dem Kaiser M. Aurel (161—180) erreichte, läßt den reichen Athener Eukrates folgendes berichten: „Als ich mich in Ägypten aufhielt, wohin ich noch sehr jung Studierens halber von meinem Vater geschickt worden war, wandelte mich die Lust an, den Nil hinauf nach Koptos zu gehen ... Auf der Rückreise trug es sich zu, daß ein Mann aus Memphis mit uns fuhr, mit Namen Pankrates ($\pi\alpha\gamma\chi\rho\alpha\tau\eta\varsigma$ — allgewaltig) ... Anfangs wußte ich nicht, wer er war. Wie ich ihn aber, so oft wir aus Land stiegen, unter andern wunderbaren Dingen auf Krokodilen reiten und mitten unter diesen und andern Seetieren herumschwimmen sah und beobachtete, wie sie Achtung vor ihm hatten, da merkte ich, daß der Mann etwas Außerordentliches sein müßte, und nun suchte ich mich durch ein aufmerksames und gefälliges Betragen bei ihm in Gunst zu setzen. Es gelang mir auch so gut, daß er mich bald wie einen alten Freund behandelte, und an allen seinen Geheimnissen teilnehmen ließ. Zuletzt überredete er mich, meine Leute in Memphis zurückzulassen und mit ihm allein zu reisen; an Bedienung würde es uns niemals fehlen, sagte er. Ich gehorchte, und seitdem lebten wir also: So oft wir in eine Herberge kamen, nahm der Mann den Thürriegel oder den Besen oder die Mörserkeule, bekleidete den Gegenstand, sprach ein paar Zauberworte dazu und bewirkte, daß er ging, wobei derselbe dann allen andern ein Mensch zu sein schien. Der Gegenstand ging hinaus, holte Wasser, kaufte und bereitete die Speisen und bediente und besorgte uns in allen Stücken geschickt. Dann aber, wenn wir seiner Dienste nicht mehr bedurften, machte Pankrates durch das Sprechen eines andern Zauberspruches den Riegel wieder zum Riegel oder die Mörserkeule zur Mörserkeule. Obgleich ich mich nun sehr bemühte, wußte ich doch nicht, wie ich das Kunststück von ihm erlernen könnte; denn er war damit zurückhaltend, obwohl er in allem andern der gefälligste Mann von der Welt war. Eines Tages aber hörte ich, ohne daß er es wußte, indem ich im Dunkeln fast neben ihm stand, das — übrigens nur dreisilbige — Zauberwort. Am folgenden Tage, als jener auf dem Markte ein Geschäft hatte, nahm ich die Mörserkeule, kleidete sie an, verwandelte sie durch das Sprechen der besagten drei Silben und befahl ihr, Wasser zu holen. Sogleich brachte sie mir einen großen Krug voll. „Gut!" sprach ich, „trage kein Wasser mehr herbei, sondern sei wieder eine Mörserkeule!" Aber der Gegenstand kehrte sich nicht an meine Worte, sondern trug immerfort Wasser heran und trug so lange, bis endlich das ganze Haus damit überschwemmt war. Mir fing an bange zu werden, Pankrates möchte, wenn er zurückkäme, unwillig werden, wie es denn auch wirklich geschah; und weil ich mir nicht anders zu helfen wußte, ergreife ich ein Beil und schlage die Keule in zwei Stücke. Aber da hatte ich es übel getroffen; denn nun ergriff jedes dieser Stücke ein Gefäß, holte Wasser, und da hatte ich statt eines Wasserträgers deren zwei. Mittlerweile kam auch Pankrates zurück, und als er merkte, was vorgefallen war, gab er den Gegenständen ihre vorige Gestalt wieder; er selbst aber verließ mich unvermerkt, und ich habe ihn nie wieder zu Gesicht bekommen."

* * *

Die Brüder Grimm erzählen das Märchen vom „süßen Brei" in folgender Weise: „Es war einmal ein armes, frommes Mädchen, das lebte mit seiner Mutter allein, und sie hatten nichts mehr zu essen. Da ging das Kind hinaus in den Wald, und begegnete ihm da eine alte Frau, die wußte seinen Jammer schon und schenkte ihm ein Töpfchen: zu dem sollte es sagen: „Töpfchen, koche", so kochte es guten, süßen Hirsebrei, und wenn es sagte: „Töpfchen, steh", so hörte es wieder auf zu kochen. Das Mädchen brachte den Topf seiner Mutter heim, und nun waren sie ihrer Armut und ihres Hungers ledig und aßen süßen Brei, so oft sie wollten. Auf eine Zeit war das Mädchen ausgegangen, da sprach die Mutter: „Töpfchen, koche", da kochte es, und sie aß sich satt; nun will sie, daß das Töpfchen wieder aufhören soll, aber sie weiß das Wort nicht. Also kochte es fort, und der Brei steigt über den Rand hinaus und kocht immer zu, die Küche und das ganze Haus voll, und das zweite Haus und dann die Straße, als wollt's die ganze Welt satt machen, und ist die größte Not, und kein Mensch weiß sich da zu helfen. Endlich, wie nur noch ein einziges Haus übrig ist, da kommt das Kind heim und spricht nur: „Töpfchen, steh", da steht es und hört auf zu kochen; und wer wieder in die Stadt wollte, der mußte sich durchessen."

Zu Nr. 8: „Hochzeitlied".

In Grimms „Deutschen Sagen" wird erzählt: „Das kleine Volk auf der Eilenburg in Sachsen wollte einmal Hochzeit machen und zog daher in der Nacht durch das Schlüsselloch und die Fensterritzen in den Saal, und sie sprangen hinab auf den glatten Fußboden, wie Erbsen auf die Tenne geschüttet werden. Davon erwachte der alte Graf, der im hohen Himmelbette in dem Saale schlief, und verwunderte sich über die vielen kleinen Gesellen. Da trat einer von ihnen, geschmückt wie ein Herold, zu ihm heran und lud ihn mit geziemenden Worten gar höflich ein, an ihrem Feste teilzunehmen. „Doch um eins bitten wir," setzte er hinzu, „Ihr allein sollt zugegen sein, keins von Eurem Hofgesinde darf sich unterstehen, das Fest mit anzuschauen, auch nicht mit einem einzigen Blick." Der alte Graf antwortete freundlich: „Weil ihr mich im Schlaf gestört, so will ich auch mit euch sein." Dem Grafen ward nun ein kleines Weibchen zugeführt, kleine Lampenträger stellten sich auf, und eine Heimchenmusik hob an. Der Graf hatte Mühe, das Weibchen beim Tanze nicht zu verlieren, das ihm so leicht dahersprang und endlich so im Wirbel sich umdrehte, daß er kaum zu Atem kommen konnte. Mitten in dem lustigen Tanze aber stand auf einmal alles still; die Musik hörte auf, und der ganze Haufe eilte nach den Thürspalten, Mauslöchern und wo sonst ein Schlupfwinkel war. Das Brautpaar aber, die Herolde und Tänzer schauten aufwärts nach einer Öffnung, die sich oben in der Decke des Saales befand, und entdeckten dort das Gesicht der alten Gräfin, die vorwitzig nach der lustigen Wirtschaft herabschaute. Darauf neigten sie sich vor dem Grafen, und derselbe, der ihn eingeladen, trat wieder hervor und dankte ihm für die erzeigte Gastfreundschaft. „Weil aber," sagte er dann, „unsere Freude und unsere Hochzeit also gestört worden, daß noch ein anderes menschliches Auge darauf geblickt, so soll fortan Euer Geschlecht nie mehr als sieben Eilenburgs zählen."

Die Form, worin Götzinger die Sage erzählt, kommt der Goetheschen Auffassung näher; hier sei nur das mitgeteilt, was für unser Gedicht in Betracht kommt. „Der Graf von Eilenburg hatte einen Kreuzzug mitgemacht und in diesem und durch das Leben am Hofe des Kaisers all sein Vermögen verthan. Er kehrt endlich zu der öden Stammburg zurück und findet nur ein ungeheures Himmelbett in einem großen, fast ganz leeren Saale. Er legt sich hinein und schläft ein. Des Nachts erwacht er, und ein Zwerg steht vor ihm auf dem Bette, begrüßt ihn als den Burgherrn und bittet um die Erlaubnis, daß sein Volk in diesem Saale die Hochzeit der Zwergtochter begehen dürfe. Der Graf giebt die Erlaubnis, und die Hochzeit erfolgt. Die Zwerglein bringen nun dem Hause viel Glück; nur darf der Graf niemandem von ihrem Dasein etwas sagen. Endlich führt dieser eine junge, schöne Gemahlin heim, der die Zwerge auch gewogen sind."

Zu Nr. 9: „Der getreue Eckart".

J. H. v. Falckenstein berichtet in seiner „Thüringischen Chronik" nach den Selectae antiquitates von Christoph Philipp von Waldenfels also: „Es wäre einstens in einem Thüringischen Dorffe, Schwarza genannt, die Frau Holla oder Hulda an dem Weihnachtsfeste durch das Dorff passirt mit ihrem wütenden Heere, vor welchem der treue Eckart her gegangen und die Leute gewarnet, sie sollten aus dem Wege gehen. Da habe es sich getroffen, daß demselben zwei Knaben aufgestoßen, welche aus dem nächsten Dorffe Bier geholet, und als sie die Schatten ansichtig geworden, sich in eine Ecke oder Winckel versteckt, denen aber einige Furien nachgeeilet, ihnen die Kannen abgenommen und das Bier ausgesoffen. Als nun alles hinweg war und vorbei, kamen die Knaben aus ihrem Winckel wiederum hervor und giengen nach Hause, waren aber sehr bekümmert, was sie vorwenden sollten, weil sie kein Bier mitbrächten. Indem sie nun also bei sich deliberiren, so sei der treue Eckart zu sie gekommen und habe gesaget, sie hätten wohlgethan, daß sie das Bier freiwillig hergegeben, anders würden die Furien ihnen die Hälse umgedrehet haben. Sie sollten nur getrost fortgehen, ihre Kannen zu sich nehmen, zu Hause aber nichts von demjenigen, was geschehen, in dreien Tagen sagen. Wie diese nach Hause gekommen, so wären die Kannen voll Bier gewesen, und wenn sie auch davon getruncken, so hätte doch das Bier nicht abgenommen, so lange sie geschwiegen; als sie aber die Sache gesaget und das Stillschweigen gebrochen, so wäre auch das Bier alle gewesen."

Zu Nr. 10: „Der Totentanz".

In Hermanni Corneri[1] Chronicon findet sich folgende Geschichte: „Zu Salisbury in England lebte ein Advokat, der sich die allergrößten Schändlichkeiten zu schulden kommen ließ. Nach seinem Tode erschreckte er fast drei Monate hindurch die ganze Stadt durch allerlei fürchterliche Erscheinungen, deren Ausgang und Ende man wohl in dem Kirchhofe fand, ohne jedoch das Nähere zu erraten — Zu Ende des dritten Monats, bei Vollmondszeit und heiterem Wetter, begab sich ein kühner Jüngling in ein Fenster des Kirchturms, von wo er einen Überblick über den ganzen Kirchhof hatte. Zu gewohnter Stunde erhebt sich das Gespenst aus dem Grabe, legt das umhüllende Leichentuch in die Ecke

---

[1] Hermann Korner, einer der in Norddeutschland beliebtesten mittelalterlichen Chronisten, ist in der 2. Hälfte des 14. Jahrh. in Lübeck geboren und wahrscheinlich 1438 als Mitglied des Dominikanerordens gestorben.

desselben und geht, von den Hunden der ganzen Stadt verfolgt, gegen die es sich verteidigt, über den Kirchhof. Der Jüngling steigt vom Turme herab und raubt das Leichentuch, das er mit sich hinaufnimmt, um zu sehen, was das Gespenst thun würde. Endlich kehrt dieses letztere zurück, findet das Tuch nicht und schnuppert nach Art eines Hundes nach demselben umher. Den hoch oben sitzenden Jüngling schrecklich anschauend, geht es auf den Turm los und klettert dann wie eine Eidechse in die Höhe. Der Jüngling aber läßt sich am Glockenstuhl herab, läuft an den Hochaltar, legt das Tuch darauf und waffnet sich mit einem Kreuze, das er dem eindringenden Gespenste siegreich entgegenhält. Endlich, als der Küster zur Frühmette läutet, stürzt letzteres vor dem Altare zusammen und erfüllt die Kirche mit gräßlichem Modergeruche. Der Jüngling wird vor Furcht der Sinne beraubt und hält jeden Herantretenden für das Gespenst. Zuletzt wird er mit Gewalt zu Bette gebracht und erzählt das Begebnis. Er siechte lange und wurde nie ganz geheilt." (Nach Strehlke.)

In Apels Gespensterbuch heißt es:

„In der folgenden Nacht trugen sich gar seltsame Dinge zu. Die Turmwächter schauten nach Gewohnheit umher, ob etwa ein Feuer in der Gegend aufginge. Da sahen sie gegen Mitternacht bei dem Scheine des Mondes, wie Meister Wilibald aus seinem Grabe an der Kirchhofsmauer emporstieg. Er hielt seine Sackpfeife am Arm, lehnte sich an einen hohen Leichenstein, daß ihn der Mond hell anleuchtete, und fing an zu blasen, fingerte auch dazu auf den Pfeifen, wie man es bei seinem Leben an ihm gewohnt war. Indem sich nun die Wächter, über dies Gesicht befremdet, ansahen, thaten sich mehrere Gräber auf dem Kirchhofe auf, die beinernen Bewohner streckten ihre kahlen Schädel heraus, schauten sich um, nickten nach dem Takte, stiegen dann ganz heraus und regten die klappernden Glieder in flinkem Tanz. Aus den Grüften und Schwibbögen guckten ebenfalls leere Augenhöhlen nach dem bügeligen Tanzplatze, die dürren Arme rasselten an den eisernen Gitterthoren, bis Schlösser und Riegel aufsprangen und den tanzlustigen Gerippen den Weg zum Totenballe öffneten. Nun stelzten die leichten Tänzer über Grabhügel und Leichensteine und wirbelten in lustigem Schleifer umher, daß die weißen Sterbegewänder im Winde um die dürren Glieder flatterten, bis die Glocke auf dem Kirchturme Mitternacht schlug. Da kehrten Tänzer und Tänzerinnen in ihre engen Behausungen zurück, der Spielmann nahm seine Sackpfeife unter den Arm und begab sich gleichfalls zur Ruhe."

II. Zu Schillers Balladen.

Zu Nr. 11: „Der Taucher".

Der Jesuit Athanasius Kircher[1] berichtet im Mundus subterraneus (11, 15) also: „Es war zu der Zeit[2] in Sicilien ein sehr berühmter Taucher, Namens Nikolaus, den man gewöhnlich wegen seiner Gewandtheit im Schwimmen Pesce Cola, d. h. Nikolaus der Fisch, benannte. Als der König von Sicilien einst nach Messina kam, vernahm er manches Unglaubliche von diesem Taucher, was ihn so neugierig machte, daß er ihn zu sehn verlangte. Dieser kam auch, nachdem man ihn lange auf dem Lande und im Wasser gesucht hatte. Der König hatte aber wunderbare Dinge von der nahen Charybdis gehört, und da sich ihm jetzt eine so passende Gelegenheit dazu darbot, so beschloß er das Innere derselben erforschen zu lassen, was durch niemand besser als durch Nikolaus geschehen könne. So befahl er denn diesem, sich auf den Grund derselben hinabzulassen, und da Nikolaus, der die nur ihm bekannten Gefahren vorschützte, darauf nicht eingehen zu wollen schien, ließ er, um ihn zu ermutigen, eine goldene Schale hineinwerfen, die, wenn er sie wieder heraufbringe, ihm gehören solle. Nikolaus ließ sich durch das Gold verlocken und stürzte sich mitten in den Strudel. Fast drei Viertelstunden blieb er dann, während der König und alle Umstehenden ihn mit großer Spannung erwarteten. Endlich ward er mit ungeheurer Heftigkeit aus dem Meeresgrunde wieder heraufgetrieben. Triumphierend hielt er die hineingeworfene Schale in die Höhe. Man führte ihn in den königlichen Palast, da er von der übermäßigen Anstrengung erschöpft war. Nachdem er sich an einem reichlichen Mahle gestärkt hatte, trat er vor den König. Auf die Frage, was er auf dem Meeresgrunde gesehen habe, erwiderte er: „Gnädigster König, ich habe Deinen Befehl ausgeführt; hätte ich aber vorher gewußt, was mir jetzt bekannt ist, nimmer würde ich Dir, hättest Du mir auch Dein halbes Königreich versprochen, gehorcht haben. Allein ich hielt es für eine Verwegenheit, mich dem Gebote des Königs zu widersetzen, und beging

---

[1] Geb. 2. Mai 1601 in Geisa bei Fulda, † 30. Oktob. 1680 als Lehrer der Mathematik in Rom; er war ein bedeutender Gelehrter (Archäologe, Erfinder des Kircherschen Brennspiegels und Stifter des Museo Kircheriano in Rom).

[2] Zur Zeit des Königs Friedrich (I. reg. von 1295—1336 — oder II. † 1377) von Sicilien.

so eine noch größere." Als der König nun wissen wollte, warum er von Verwegenheit rede, antwortete er: „Wisse, o König, vielerlei macht diese Stelle nicht bloß mir ähnlichen Tauchern, sondern selbst den Fischen unzugänglich und schrecklich. Erstens das Getöse des aus den innersten Meeresklüften hervorbrausenden Stromes, dem schwerlich ein Mensch, wäre er auch der stärkste, zu widerstehn vermag; auch ich konnte ihm nicht Widerstand leisten, weshalb ich durch Seitenklüfte in die Tiefe dringen mußte. Zweitens die unzähligen überall entgegenstehenden Klippen, an deren Fuß ich nur mit der größten Gefahr, getötet oder geschunden zu werden, gelangen konnte. Drittens das Toben der unterirdischen Gewässer, die mit ungeheurer Gewalt aus den innersten Schlünden der Felsen hervorbrechen und durch ihre entgegengesetzten Strömungen so furchtbare Wirbel erregen, daß schon die Furcht einen Menschen betäuben oder töten könnte. Viertens das Gewimmel der ungeheuren an den Seiten der Klippen hängenden Polypen, die mich mit Entsetzen erfüllten. Ich sah einen, dessen Rumpf allein größer als ein Mensch war; seine Fangarme hatten wohl eine Länge von zehn Fuß, und hätte er damit mich nur gefaßt, ich würde tot gedrückt worden sein. In den nahen Felsgrotten wimmelte es von ungeheuer großen Hunden, gewöhnlich Fischhunde genannt. Ihr Rachen ist mit drei Reihen Zähne besetzt, und sie haben fast die Größe von Walfischen. Niemand ist vor ihrer Wut sicher; wenn sie einen mit ihren Zähnen einmal gefaßt haben, so ist es um ihn geschehen. Kein Schwert, keine Nadel ist so scharf, wie die Spitze ihrer Zähne, womit diese Seeungeheuer alles zermalmen." Als er dies alles der Reihe nach erzählt hatte, fragte man ihn, wie er denn die Schale so bald habe finden können. Darauf erwiderte er, wegen des mächtigen Strömens und Gegenströmens sei diese nicht senkrecht hinabgefallen, sondern sehr bald, wie er selbst, durch die Gewalt der Wogen seitwärts verschlagen worden, wo er sie in einer Felshöhle gefunden habe; wäre sie bis auf den Grund gesunken, so hätte er bei dem Sieden der Gewässer und dem Toben der Wirbel nicht hoffen dürfen, sie zu finden. Die Strudel, die das unterirdische Wasser bald einschlürften, bald wieder ausspieen, tobten so gewaltig, daß keine Gewalt ihnen widerstehen könne. Auch sei das Meer so tief, daß es den Augen eine fast kimmerische Finsternis darbiete. Über den Bau der Meerenge im Innern befragt, sagte er, sie sei von unzähligen Felsen durchzogen; das An- und Abprallen der Gewässer am Fuße derselben verursache die Wirbel auf der Oberfläche, deren Gefährlichkeit den Schiffern nur zu wohl bekannt sei. Die Frage, ob er Mut habe, noch einmal den Grund der Charybdis zu untersuchen, verneinte er. Doch wurde seine Furcht auch jetzt durch einen Beutel Gold besiegt, den der König nebst einer kostbaren Schale in die Charybdis warf. Von Habsucht hingerissen, stürzte er sich zum zweitenmal in den Strudel; diesmal kam er aber nicht mehr zum Vorschein. Vielleicht wurde er von der Gewalt der Strömungen in die Felslabyrinthe verschlagen oder den Fischen zur Beute, die er so sehr gefürchtet hatte."

Zu Nr. 12: „Der Handschuh".

Im ersten Bande der Essais historiques sur Paris von St. Foix heißt es unter der Überschrift: Rue des lions, près Saint-Paul also: „Diese Straße erhielt ihren Namen von dem Gebäude und den Höfen, wo die großen und kleinen Löwen des Königs eingesperrt waren. Eines Tages, als Franz I. sich damit beschäftigte, einen Kampf seiner Löwen zu sehen, ließ eine Dame ihren Handschuh fallen und sprach zu Delorges: ‚Wollt Ihr, ich soll glauben, daß Ihr mich so sehr liebet, wie Ihr alle Tage schwört, so hebt mir den Handschuh auf!' Delorges steigt hinab, hebt den Handschuh aus der Mitte der furchtbaren Tiere auf, steigt wieder zurück, wirft ihn der Dame ins Gesicht (le jette au nez de la dame) und wollte sie nachher nie wiedersehen, ungeachtet aller Anträge und Neckereien von ihrer Seite."

Zu Nr. 13: „Der Ring des Polykrates".

Herodot, der Vater der Geschichte (c. 484—c. 424 vor Chr. G.), erzählt III, 39 ff. folgendes: „Polykrates, des Äakes Sohn, hatte einen Aufstand erregt und sich Samos unterworfen. Zuerst teilte er den Staat in drei Teile und gab zwei derselben seinen beiden Brüdern, Pantagnotos und Syloson; in der Folge aber tötete er den einen, den Syloson aber, der der jüngste war, vertrieb er, und so gehörte ganz Samos ihm allein. Nun schloß er einen Bund der Gastfreund= schaft mit Amasis, dem Könige von Ägypten, und schickte ihm Geschenke, die von diesem erwidert wurden. In kurzer Zeit wuchs die Macht des Polykrates, und sie ward berühmt durch ganz Jonien und das übrige Hellas; denn wohin er auch seine Waffen wandte, alles glückte ihm. Er hatte 100 Fünfzigruderer und 1000 Bogenschützen. Ohne Unterschied beraubte er alle; denn seinem Freunde, sagte er, mache er sich mehr gefällig, wenn er ihm wiedergäbe, was er ihm genommen, als wenn er ihm gar nichts nähme. Manche Inseln hatte er erobert und auch viele Städte des festen Landes. Namentlich die Lesbier, die mit ihrer gesamten Kriegsmacht den Milesiern zu Hilfe kamen, besiegte er in einer Seeschlacht und fesselte sie, und sie mußten den ganzen Graben machen, der rings um die Stadtmauer von Samos herumgeht. Auch Amasis erfuhr, was für ein großes Glück Polykrates hatte; aber es machte ihm Kummer und Sorge. Als nun das Glück noch immer stieg, schrieb er folgenden Brief und sandte ihn nach Samos: ‚Amasis an Polykrates. Es ist zwar süß zu vernehmen, daß es einem lieben Gastfreunde wohl ergeht; doch dein großes Glück gefällt mir gar nicht, da ich weiß, wie neidisch die Gottheit ist. Und mir ist es lieber, wenn mir und auch denen, welche mir teuer sind, das eine wohl gelingt, das andere aber fehlschlägt, und daß es mir in meinem Leben bald so und bald so ergehe, als daß mir alles wohl gelinge; denn noch von keinem habe ich gehört, der nicht zuletzt ein klägliches Ende genommen, wenn er in allem Glück hatte. Du aber gehorche mir und thue wider dein übergroßes Glück also: Sinne nach, was wohl unter allen deinen Gütern dir am meisten wert ist, und dessen Verlust dir am meisten weh thun würde; das wirf von dir, also daß nie ein Mensch es wieder zu sehen bekommt. Und wenn von nun an dein Glück nicht mit Leid wechselt, so hilf dir auf die Art, wie ich dir geraten.' Als Polykrates diesen Brief gelesen und wohl einsah, wie ihm Amasis einen klugen Rat gegeben, dachte er nach, wessen Verlust unter seinen Kostbarkeiten ihm wohl am meisten die Seele bekümmern würde. Und wie er so nachsann, fand er dieses. Er trug einen in Gold gefaßten Siegelring von Smaragd, ein Werk des Theodoros, des Sohnes des Telekles von Samos. Diesen gedachte er fortzuwerfen und verfuhr also: Er ließ einen Fünfzigruderer bemannen und ging an Bord. Darauf befahl er, in die hohe See zu stechen; und als er weitab von der Insel war, zog er seinen Siegelring vom Finger und warf ihn in die See vor den Augen der ganzen Schiffsmannschaft. Nachdem er also gethan, fuhr er heim, und als er nach Hause gekommen, war er sehr traurig. Am fünften oder sechsten Tage darauf begab es sich, daß ein Fischer einen großen, schönen Fisch fing, und er meinte, der Fisch wäre wohl wert, daß er ihn dem Polykrates zum Geschenke brächte. Er kam mit ihm zur Thüre des Palastes und sagte, er wolle den Polykrates sprechen; als ihm nun das gewährt ward, überreichte er ihm den Fisch mit folgenden Worten: ‚Mein König, als ich diesen da fing, dachte ich, ich wollte ihn nicht zu Markte bringen, wiewohl ich lebe von meiner Hände Arbeit, sondern er schien mir dein und deiner Herrschaft würdig, und so bringe ich ihn dir zum Geschenke.' Er aber freute sich über die Rede und antwortete ihm also: ‚Sehr wohl hast du daran gethan; du verdienst doppelten Dank, für deine Rede und für dein Geschenk, und wir laden dich zu Tische.' Der Fischer machte sich eine große Ehre daraus und begab sich ins Haus. Die Diener aber fanden beim Aufschneiden des Fisches in seinem Bauche den Siegelring des Polykrates; kaum hatten sie denselben erblickt, da trugen sie ihn voller Freude zu Polykrates, gaben ihm den Siegelring und berichteten, auf welche Art sie ihn gefunden. Dieser hielt die Sache für eine göttliche Fügung; er beschrieb in einem Briefe alles, was er gethan und was sich begeben, und schickte denselben nach Ägypten. Als nun Amasis den Brief des Polykrates gelesen, ward er inne, daß es unmöglich sei für einen Menschen, einen andern dem drohenden Schicksale zu entziehen, und daß Polykrates kein gutes Ende nehmen werde, da er in allem Glück habe, da er sogar das, was er weggeworfen, wiedergefunden habe. Da sandte er einen Herold nach Samos und ließ ihm die Gastfreundschaft aufsagen. Das that er darum, damit, wenn dem Polykrates ein großes und schweres Unglück widerführe, seine Seele nicht betrübt würde, weil er sein Gastfreund sei."

Über das traurige Ende des Polykrates berichtet Herodot (III, 120—125). Der persische Satrap Orötes lud den Tyrannen nach Magnesia. Trotz aller Warnungen der Seher und seiner Freunde „segelte er ab zu Orötes; und als er nach Magnesia gekommen, nahm er ein schmähliches Ende, das weder sein noch seiner Gesinnungen würdig war ... Und als ihn Orötes eines Todes hatte sterben lassen, den ich nicht erzählen mag, schlug er ihn ans Kreuz ... Ein solches Ende nahm es mit dem großen Glück des Polykrates, wie ihm Amasis, der König von Ägypten, vorhergesagt hatte."

Zu Nr. 15: „Die Kraniche des Ibykus".

1. Epigramm des Antipater von Sidon.[1]

„Räuber erschlugen dich einst, o Ibykus, als du, vom Eiland
   Kommend, einsamen Wegs gingst zum Gestade des Meers;
Aber ein Kranichschwarm[2] flog über dir, den du, in Qualen
   Ringend, noch anriefst, dir Zeuge des Todes zu sein.
Nicht in die Luft verhallte dein Ruf, denn kraft der Erinnys
   Gab der Vögel Geschrei Zeugnis und rächte den Mord
Dort auf Sisyphos' Flur.[3] Goldgierige Horden der Räuber,
   Bebet ihr immer noch nicht vor der Unsterblichen Zorn?
Auch der Frevler Ägisth, der einst den Sänger ermordet,
   Floh dem rächenden Aug' schwarzer Erinnyen nicht."

2. In der Plutarch[4] zugeschriebenen Abhandlung: „Über die Geschwätzigkeit" heißt es: „Als sie (die Mörder des Ibykus) im Theater saßen und zufälligerweise Kraniche vorüberziehen sahen, flüsterten sie einander lachend zu: ‚Sieh, da sind die Rächer des Ibykus!' Diese Worte fielen denjenigen auf, die ihnen zunächst saßen, und da Ibykus schon seit längerer Zeit vermißt wurde, griffen sie dieses Wort auf und berichteten es der Obrigkeit. Auf diese Weise wurden sie überführt und hingerichtet. Die Strafe brachten nicht die Kraniche über sie, sondern sie selbst durch ihre Geschwätzigkeit, die gleich einer Erinnys oder Rachegöttin sie zwang, den Mord zu verraten."

Zu Nr. 16: „Der Gang nach dem Eisenhammer".

Rétif (geb. 1734) erzählt: „Ein sehr gottesfürchtiger Mensch (Champagne mit Namen) war Bedienter im Hause der Gräfin von K., deren steinreicher Gatte in der Gegend von Vannes oder Quimper Eisenhämmer hatte. Weil dieser treue Bediente Gott in seiner Herrschaft sah, wie der heilige Paulus spricht, war er immer geschäftig. Gegen die Gräfin, in deren Diensten er stand, zeigte er sich so aufmerksam und sorgfältig, daß er fast jeden ihrer Wünsche erriet und meist, wenn sie ihm etwas befahl, erwidern konnte: ‚Ist schon geschehen, gnädige Frau.' Die Gräfin war hierüber voller Verwunderung, und nie versiegte der Quell ihrer Lobsprüche, so oft eine ihrer Freundinnen zu ihr kam. Er war überdies ein schöner Bursche ... Einer seiner Genossen, Pinson oder Bléro mit Namen, ward durch alle die Lobsprüche der Gräfin so eifersüchtig, daß er jenen durch Verleumdungen beim Grafen zu stürzen suchte. Er klagte ihn an, daß er die arglose Gräfin liebe; auch teilte er dem Grafen so manche scheinbare Beweise mit, daß dieser ihm glaubte. Inzwischen wollte er zwar sich mit seinen eigenen Augen von der Sache überzeugen; doch, da der boshafte Diener einmal den Verdacht erregt hatte, sah er in allem die Bestätigung seines

---

[1] Lebte gegen Ende des 2. Jahrh. v. Chr. G.
[2] γεράνων νέφος.
[3] d. i. in korinthischem Lande.   [4] Lebte um 50—120 n. Chr. G.

Argwohns. Der Graf machte sich aus dem Leben eines untergeordneten Menschen, dessen Vergehen ihm so schwer erschien, nichts; er begab sich deshalb zum Hochöfner eines seiner Eisenhämmer und sprach zu ihm: ‚Denjenigen, den ich zu dir mit der Frage schicken werde, ob du meinen Auftrag vollführt hast, wirf sogleich in deinen Ofen.' Nun sind solche Hochöfner die grausamsten, rohesten Geschöpfe, und so war diesem der Auftrag herzlich lieb. Aus Besorgnis aber, ihn allein nicht gehörig auszurichten, nahm er einen gleich boshaften Genossen zu sich. Am andern Morgen ließ der Graf den Champagne durch Bloro, seinen Feind, zu sich rufen und sprach zu ihm: ‚Champagne, gehe zum Eisen= hammer und frage den Hochöfner, ob er meinen Auftrag vollführt hat.' ‚Sehr wohl, Ihro Hochgräfliche Gnaden!' erwiderte Champagne und eilte fort, seines Herrn Befehl auszuführen. Beim Weggehen aber fiel ihm ein: ‚Du könntest doch anfragen, ob die gnädige Dame nicht etwas mit zu bestellen hat.' Er kehrte also zum Zimmer der Gräfin zurück. ‚Wißt, Herrin, daß ich auf Befehl des gnädigen Herrn nach dem Hammer muß,' sprach er, ‚und da ich der gnädigen Frau angehöre, wünsche ich zu wissen, ob dieselbe etwas zu befehlen habe.' ‚Nichts, Champagne,' erwiderte die Gräfin, ‚nur möchte ich, daß, falls man gerade zur Messe läuten sollte, wohin ich wegen Unwohlseins nicht gehen kann, du die Messe hörtest und dann für mich und dich zugleich betetest.' Dieser Befehl war Champagne im höchsten Maße willkommen; denn sonst hätte er bei der Ausführung des Auftrages seines Herrn sich keine Verzögerung gestatten dürfen. Kaum hatte er das Ende des Dorfes erreicht, als man zur Messe läutete. Nun war es Sommer und niemand zum Messedienen anwesend als schwächliche Greise. Cham= pagne bot sich an, hielt die Schenkgefäße bereit, reinigte die Sakristei, und als der Priester gekommen, antwortete er andächtig. Die Messe dauerte wohl drei Viertelstunden. Nach Schluß derselben setzte er alles wieder an Ort und Stelle, wie nur immer ein Sakristan gethan haben würde; alsdann eilte er zum Hammer, indem er unterwegs die Gebete vollendete, die er für seine Herrin, seinen Herrn und sich selbst im Gebetbuche begonnen hatte. Beim Hammer angekommen, fragte er den Hochöfner: ‚Habt ihr vollführt, was Ihro Hochgräfliche Gnaden euch aufgetragen?' ‚O, schon vor einem guten Weilchen,' erwiderte der Kerl lachenden Mundes; ‚davon ist gar nicht mehr die Rede; es ist so gut, als wäre er sein Lebtage nicht auf der Welt gewesen.' Champagne eilte spornstreichs zu seinem Herrn zurück. Sobald dieser ihn zu Gesicht bekam, geriet er in großes Erstaunen und heftigen Zorn. ‚Wo kommst du her, Elender?' rief er. ‚Vom Hammer, Ihro Hochgräfliche Gnaden.' ‚So hast du dich auf dem Wege aufgehalten?' ‚Nicht weiter, gnädiger Herr, als daß ich die gnädige Frau fragte, ob ich unterwegs etwas für sie ausrichten könnte; da befahl sie mir, die Messe zu hören und für sie mit zu beten, und das habe ich gethan, und für Euch auch; denn ich dachte nicht, daß der Auftrag von Ihro Hochgräflichen Gnaden so sehr dringend wäre.' Bei diesen Worten versank der Graf in tiefes Sinnen, und nachdem er Champagne gefragt, was man ihm beim Hammer erwidert, schloß er aus der Antwort, daß der Angeber, den er aus Ungeduld dem Champagne nachgeschickt hatte, beim Hochofen zuerst angekommen und auf der Stelle verbrannt worden sei. Hierin mußte er das Walten der Vorsehung erkennen. Sogleich begab er sich zur Gräfin und sprach zu ihr, auf den Jüngling zeigend: ‚Auf diesen guten Diener verlaßt Euch getrost! Denn heute habe ich erkannt, daß er ein Liebling Gottes ist.' Und von diesem Tage an erhielt Champagne die Verwaltung des ganzen Hauses und lag seinem Amt mit Treu und Redlichkeit ob."

Zu Nr. 17: „Der Kampf mit dem Drachen".

Nach Vertot ereignete sich unter dem Großmeister Helion de Villeneuve († 1346) folgendes: „Der Geist der Liebe und Rücksichten der Klugheit bewogen ihn, allen Rittern beim Verluste des Ordenskleides den Kampf mit einem Krokodile zu verbieten ... Der Aufenthalt des furchtbaren Tieres war eine Höhle neben einem Sumpfe am Fuße des Berges St. Stephan, zwei Meilen von Rhodus entfernt. Es fraß Schafe, Rinder und auch Pferde, wenn sie sich dem Sumpfe näherten, ja es sollte auch junge Hirten, die dort ihre Herden hüteten, verschlungen haben. Mehrere der tapfersten Ritter des Ordens waren zu verschiedenen Zeiten einzeln ausgezogen, um das Untier zu töten, aber keinen von ihnen sah man wiederkehren. Die Haut des Untiers war mit Schuppen bedeckt, von denen die schärfsten Pfeile und Wurfspieße abprallten. Deshalb hatte der Großmeister den fernern Kampf verboten, der menschliche Kräfte zu übersteigen schien. Alle gehorchten, mit Ausnahme eines provençalischen Ritters, Dieudonné von Gozon. Dem Verbote zum Trotz und ohne sich durch das Schicksal seiner Ordensbrüder abschrecken zu lassen, beschloß er bei sich, das Ungeheuer zu erlegen. Deshalb zog er sich nach Frankreich auf sein Schloß Gozon zurück, das sich noch heute in Languedoc erhalten hat. Sein Plan gründete sich auf die Beobachtung, daß die Schlange unter dem Bauche keine Schuppen habe. Er ließ das Ungeheuer in Holz oder Pappdeckel aus seiner Erinnerung nachbilden, wobei er besonders darauf achtete, daß die grimmige Wut recht ausgedrückt wurde. Sodann richtete er zwei junge Doggen dazu ab, auf seinen Ruf den Bauch des Tieres anzupacken, während er selbst zu Pferde stieg und sich stellte, als ob er mit seiner Lanze ihm an verschiedenen Stellen Stöße versetzen wollte. Als er nach mehrmonatlicher Übung die Doggen hinlänglich abgerichtet glaubte, kehrte er nach Rhodus zurück. Hier ließ er insgeheim seine Waffen in die Kirche auf der Spitze des Stephansberges bringen, wohin er sich darauf in Begleitung von zwei aus Frankreich mitgebrachten Knappen begab. Nachdem er sich Gott befohlen hatte, legte er die Waffen an und stieg zu Pferde. Den Knappen befahl er, sie sollten, wenn er im Kampfe umkäme, nach ihrer Heimat zurückkehren; sähen sie aber, daß die Schlange getötet oder er verwundet wäre, zu ihm kommen. Hierauf ritt er in Begleitung seiner Hunde den Berg hinab und wandte sich rechts zu dem Sumpfe und der Höhle der Schlange, die auf sein Geschrei mit offenem Rachen und funkelnden Augen herbeieilte, um ihn zu verschlingen. Gozon stieß mit der Lanze auf sie, aber die Dicke und Härte ihrer Schuppen war undurchdringlich. Als er den

Stoß wiederholen will, bringt er sein Pferd nicht von der Stelle, da
es vor dem Zischen und dem widrigen Atem der Schlange scheut; es
bäumt sich, springt zur Seite und würde seinen Herrn ins Verderben
gebracht haben, wäre Gozon nicht unverzagt von ihm herabgesprungen.
Das Schwert in der Hand, die beiden treuen Doggen zur Seite, greift
er das Ungetüm an und versetzt ihm Stöße an verschiedenen Stellen,
die aber bei der Härte der Schuppen nicht eindringen. Mit seinem
Schweife schlägt das wütende Tier ihn zu Boden, und es würde ihn
ohne Zweifel verschlungen haben, hätten sich nicht die Doggen, wie sie
abgerichtet waren, an den Bauch der Schlange geworfen und diese,
ohne daß sie sich ihrer erwehren konnte, grimmig zerfleischt. Durch
diesen Beistand gelingt es dem Ritter, sich wieder zu erheben; er eilt
seinen Doggen zu Hilfe und stößt sein Schwert bis an das Heft an
einer Stelle ein, die nicht durch Schuppen geschützt war. Ströme
Blutes schießen aus der breiten Wunde hervor. Tödlich verwundet
fällt das Ungeheuer auf den Ritter, der zum zweitenmal niederstürzt,
und er würde durch die Last und die ungeheure Masse des Körpers
erdrückt worden sein, wären nicht die beiden Knappen, die den Kampf
angesehen hatten, herbeigeeilt, als die Schlange erlegt war. Sie fanden
ihn ohnmächtig und hielten ihn für tot. Mit vieler Mühe zogen sie
ihn unter dem Untier hervor, um ihm Luft zu machen, wenn er noch
am Leben wäre; sie lösten ihm den Helm und spritzten ihm Wasser
ins Gesicht, wonach er endlich die Augen aufschlug. Sein erster Blick
fiel zu seiner höchsten Freude auf seinen toten Feind; sah er ja ein
so gefährliches Unternehmen, dem mehrere seiner Genossen erlegen waren,
glücklich ausgeführt. Auf die Kunde von seinem Siege und der Er-
legung der Schlange strömten große Scharen aus der Stadt ihm entgegen. Die Ritter führten ihn im Triumph zum Palaste des Großmeisters. Aber mitten unter dem Beifallsrufe der Menge erstaunte er
nicht wenig, als der Großmeister ihn unwillig anblickte und die Frage
an ihn richtete, ob er nicht wisse, daß er den Kampf mit diesem Tiere
verboten habe, und ob er glaube, ungestraft das Gesetz verletzen zu
dürfen. Ohne auf seine Antwort zu hören, ohne sich durch die Bitten
der Ritter erweichen zu lassen, ließ ihn dieser strenge Bewahrer der
Ordenszucht sofort ins Gefängnis werfen. Er berief sodann den Rat
und stellte ihm vor, der Orden müsse den Ungehorsam auf das strengste
bestrafen, da dieser für dessen Zucht gefährlicher sei als viele Schlangen
für die Tiere und Menschen der Insel, und, ein zweiter Manlius,
stimmte er dafür, den Sieger mit dem Tode zu bestrafen. Auf das
Andringen des Rates begnügte er sich, ihm das Ordenskleid zu nehmen.
So sah sich Gozon kurze Zeit nach dem Siege des Ordenskleides beraubt,
eine Strafe, die ihm schimpflicher als der Tod schien. Der Großmeister
aber ließ, nachdem er so der Ordenszucht Genüge gethan, wieder seine
Sanftmut und Güte walten. Ja, er vermittelte es, daß man seine
Begnadigung erbat, die er selbst beantragt haben würde, wäre er nicht
der Meister des Ordens gewesen. Auf dringende Bitten der ersten
Komture [= Ordensritter, aus lat. commendator] schenkte er ihm sein
Kleid und sein Wohlwollen wieder und überhäufte ihn mit Wohlthaten.
Den Kopf der Schlange befestigte man auf einem der Thore der Stadt

als Denkmal von Gozons Siege. Thevenot erzählt in seiner Reisebeschreibung, er habe diesen selbst oder ein Abbild davon noch daselbst gesehen; er sei dicker und größer als ein Pferdekopf gewesen, der Rachen bis an die Ohren geschlitzt; er habe große Zähne und Ohren, runde Augen und eine grauweiße Farbe gehabt, die vielleicht vom Staube herrühre." — Nach dem Tode des Großmeisters wurde Gozon an dessen Stelle gewählt; er starb 1353. Auf sein Grabmal setzte man die Worte: Draconis extinctor.

Zu Nr. 18: „Die Bürgschaft".

Bei Hyginus[1] in der 257. Fabel lautet die Erzählung also: „Als in Sicilien der höchst grausame Tyrann Dionysius herrschte, der die Bürger unter Qualen hinrichten ließ, wollte Mörus den Tyrannen töten. Die Trabanten ergriffen ihn und führten ihn mit seiner Waffe vor den König. Zur Rede gestellt, sagte er, daß er den König habe töten wollen. Der König befahl, ihn ans Kreuz zu schlagen. Mörus erbat sich Urlaub auf drei Tage, um die Verheiratung seiner Schwester zu besorgen; seinen Freund und Genossen Selinuntius wolle er dem Tyrannen als Bürgen stellen, daß er am dritten Tage zurückkehre. Der König gewährte ihm den Urlaub zur Verehelichung der Schwester, dem Selinuntius aber sagte er, wenn Mörus nicht zur Zeit sich einstelle, so müsse er die Strafe erleiden, Mörus aber solle dann frei sein. Als dieser nun nach Verheiratung der Schwester auf dem Rückwege sich befand, schwoll der Fluß plötzlich durch Gewitter und Regengüsse so an, daß er über ihn weder gehen noch schwimmen konnte. Mörus setzte sich an das Ufer und fing zu weinen an, daß sein Freund für ihn sterben müsse. Der Tyrann aber befahl, den Selinuntius ans Kreuz zu schlagen, da schon sechs Stunden des dritten Tages vergangen seien. Selinuntius erwiderte, der Tag sei noch nicht vorüber. Als aber neun Stunden des Tages verflossen waren, ließ der König den Selinuntius zur Kreuzigung wegführen. Erst während er hingeführt wird, naht Mörus, der endlich mit Mühe über den Fluß gekommen war, und er ruft dem Henker von weitem zu: Halt ein, Henker! da bin ich, für den er gebürgt hat!" Die Sache wurde dem Könige angezeigt. Der König ließ beide vor sich führen, bat sie, ihn in ihre Freundschaft aufzunehmen, und schenkte dem Mörus das Leben."

Zu Nr. 19: „Der Graf von Habsburg".

Tschudi erzählt im Chronicon Helveticum unter dem Jahre 1266: „Dero Zit reit Graf Rudolf von Habspurg (harnach Küng) mit sinen Dienern uffs Waid-Werck gen Beitzen und Jagen, und wie Er in ein Duvo kam, allein mit sinem Pferdt, hört Er ein Schellen klingeln: Er reit dem Geton nach durch das Gestüd [= Gesträuch], zu erfaren, was das wäre, da fand Er ein Priester mit dem Hochwürdigen H. Sacrament,

---

[1] C. Julius Hyginus aus Spanien, Freigelassener des Augustus und Verwalter der palatinischen Bibliothek.

und sin Meßner, der Im das Glögkli vortrug; do steig Graf Rudolf von sinem Pferdt, kniet nider und tet dem H. Sacrament Reverentz: Nun was es an einem Wässerlin, und stellt der Priester das H. Sacrament nebend sich, fieng an sin Schuh abzeziechen, und wölt durch den Bach (der groß uffgangen) gewaten sin, dann der Stäg durch Wachtung deß Wassers verrunnen was; der Graf fragt den Priester, wo Er uß wölt? Der Priester antwurt: „Ich trag das Heil. Sacrament zu einem Siechen, der in grosser Krancheit ligt, und so ich an diß Wasser kumm, ist der Stäg verrunnen, muß also hindurch waten, damit der Kranck nit verkürtzt werd." Do hieß Graf Rudolf den Priester mit dem Hochwürdigen Sacrament uff sin Pferdt sitzen und sin Sach ußrichten, damit der Kranck nit versumpt werd. Bald kam der Dienern einer zum Grafen, uff deß Pferdt saß Er, und fur der Weidny [= Jagd] nach. — Do nun der Priester wider heim kam, bracht Er selbs Graf Rudolfen das Pferdt wider mit grosser Dancksagung der Gnaden und Tugend, die Er Im erzeigt; do sprach Graf Rudolf: „Das wöll GOtt niemmer, daß ich oder keiner miner Dienern mit Wüssen das Pferdt überichtrite, daß min Herrn und Schöpfer getragen hat. Dunckt Uech, daß Irs mit GOtt und Recht nit haben mögent, so ordnend Ir es zum Gottzdienst, dann ich habs dem geben, von dem ich Seel, Lib, Eer und Gut ze Lechen hab." Der Priester sprach: „Herr, nun wölle GOtt Eer und Würdigkeit hie im Zit und dorten ewigtlich an Uech legen." Morndes darnach reit der Graf zu dem Clösterlin Bar an der Limagt, zwüschen Zürich und Baden gelegen, da was ein selige geistliche Closter-Frow, die wolt Er heimsuchen; die sprach zu Im: „Herr, Ir hand deß vordrigen Tags GOtt dem Allmächtigen ein Eer bewisen mit dem Roß, so Ir dem Priester ze Allmusen geben, das wird der Allmächtig GOtt Uech und Uewer Nachkommen hinwider begaben, und söllend fürwar wüssen, daß Ir und Uewer Nachkommen in höchste zitliche Eer kommen werdend." Darnach ist derselb Priester deß Churfürstlichen Ertz-Bischoffs von Mentz Kaplan worden, und hat Im und andern Herren von solcher Tugend, ouch von Mannheit dises Grafen Rudolfs so dick angezeigt, daß sin Nam im gantzen Rich rumwürdig und bekant ward, daß Er harnach ze Römischen Künig erwelt ward."

Zu Nr. 20: „Der Alpenjäger".

In K. V. v. Bonstettens „Briefen über ein schweizerisches Hirtenland" (Saanen), die Schiller besaß, wird erzählt: „Alte Eltern hatten einen ungehorsamen Sohn, der nicht wollte ihr Vieh weiden, sondern Gemsen jagen. Bald aber ging er irre in Eisthäler und Schneegründe; er glaubte sein Leben verloren. Da kam der Geist des Berges und sprach zu ihm: ‚Die Gemsen, die du jagst, sind meine Herde, was verfolgst du sie?' Doch zeigte er ihm die Straße; er aber ging nach Haus und weidete sein Vieh." (Mitgeteilt in Wielands „Teutschem Merkur", 1781.)

Litterarische Hilfsmittel.

1. Ausgaben der gesamten Gedichte.

R. Boxberger, Schillers Gedichte. Band 118 und 119 der „Deutschen Nationallitteratur" von J. Kürschner. Berlin und Stuttgart, W. Spemann. O. J. (Die Balladen im 118. Bande.)

Ders., Schillers Gedichte. Nach den vorzüglichsten Quellen revidierte Ausgabe. Berlin, Ferd. Dümmler. O. J.

H. Düntzer, Goethes Gedichte. Band 82—84 der „Deutschen Nationallitteratur" von J. Kürschner. Berlin und Stuttgart, W. Spemann. O. J. (Die Balladen im 82. Bande Seite 113—180.)

G. v. Loeper, Goethes Gedichte. 1.—3. Teil. Berlin, Hempel. 1882—1884. (Die Balladen im 1. Teile S. 97—155 und 352—389.)

Fr. Strehlke, Goethes Gedichte. Nach den vorzüglichsten Quellen revidierte Ausgabe. Mit Anmerkungen begleitet. 3 Teile. Berlin, Ferd. Dümmler. O. J. (Die Balladen im 1. Teile Seite 123—198.)

2. Auswahl für Schulen.

Denzel und Kratz, Schillers ausgewählte Gedichte. Schulausgabe mit Anmerkungen. Stuttgart, J. G. Cotta. 1883.

R. Franz, Goethes Gedichte. Auswahl. Bielefeld und Leipzig, Velhagen und Klasing. O. J.

H. Löschhorn, Schillers Gedichte. Ebend. O. J.

A. Mayr, Schillers Gedichte. Ausgewählt, einbegleitet und erläutert. Wien, Graeser. O. J.

J. W. Schaefer, Goethes ausgewählte Gedichte. Schulausgabe mit Anmerkungen. Stuttgart, J. G. Cotta. 1886.

J. Scheuffgen, Goethes ausgewählte Gedichte. Münster, Aschendorff. 1884. („Meisterwerke unserer Dichter" Band 28—29.)

Ders., Schillers Gedichte. In neuer Auswahl. 4. Aufl. Ebend. 1895 (Band 20—21.)

W. Toischer, Goethes Gedichte. Ausgewählt und erläutert. Wien, Hölder. 1893.

Fr. Zimmermann, Goethes Gedichte. Auswahl. Gotha, Perthes. 1884.

3. Erläuterungsschriften.

H. Düntzer, Goethes lyrische Gedichte. 3 Teile. 3. Aufl. Leipzig, Wartig. 1896—1897.

Ders., Schillers lyrische Gedichte erläutert. IV. Teil. 3. Aufl. Ebend. 1888.

R. Dietlein, W. Dietlein, R. Gosche und F. Polack, Aus deutschen Lesebüchern. 3. Band. 4. Aufl. Berlin, Hofmann. 1897.

E. Eckardt, Einhundert und fünfzig ausgewählte deutsche Gedichte schulgemäß und eingehend erläutert. Wurzen u. Leipzig, Kießler. 1890.

M. W. Götzinger, Deutsche Dichter. 5. Aufl. v. E. Götzinger. 2 Bände. Aarau, Sauerländer. 1876 und 1877. (Goethes Balladen im 1., Schillers Balladen im 2. Bande.)

E. Gude, Erläuterungen deutscher Dichtungen. 1.—3. Band. 10. bzw. 9. Aufl. Leipzig, Brandstetter. 1897.

E. Leimbach, Ausgewählte deutsche Dichtungen. 4. Aufl. Frankfurt a./M. Kesselring. 1896 ff.

A. Lüben und C. Nacke, Einführung in die deutsche Litteratur. 10. Aufl. Besorgt von Huth. 2. Teil. Leipzig, Brandstetter. 1892.

H. Vischoff, Goethes Gedichte erläutert. 3. Aufl. 2 Bde. Stuttgart, Conradi. 1876.

Ders., Schillers Gedichte erläutert. 5. Aufl. Ebend. 1876.

4. Sonstige Hilfsmittel.

R. Boxberger, Briefwechsel zwischen Schiller und Goethe. Eingeleitet und revidiert. 2 Bände. Stuttgart, Union. O. J.

V. Hehn, Gedanken über Goethe. 3. Aufl. Berlin, Borntraeger. 1895.

Hoffmeister, Schillers Leben, Geistesentwickelung und Werke im Zusammenhang. 5 Teile. Stuttgart, Balz. 1838—42. (Für die Balladen der 3. Teil besonders wichtig.)

A. Matthias, Das deutsche Volkslied. Auswahl. Bielefeld und Leipzig, Velhagen und Klasing. O. J.

K. J. Schröer, Faust von Goethe. 2 Teile. 2. Aufl. Heilbronn, Henninger. 1886 und 1888.

J. Wychgram, Schiller. Dem deutschen Volke dargestellt. Bielefeld und Leipzig, Velhagen und Klasing. 1895.

Alphabetisches Register.

Nr.	Anfangsworte	Dichter	Entstehungszeit	Seite
5	Arm am Beutel .	Goethe	1797	17
2	Das Wasser rauscht' .	„	1778	9
10	Der Türmer, der schaut	„	1813	35
16	Ein frommer Knecht .	Schiller	1797	73
13	Er stand auf seines .	„	1797	53
1	Es war ein König .	Goethe	1774	7
6	Hat der alte Hexenmeister	„	1797	19
7	Ich kenn' ein Blümlein . .	„	1798	23
9	O wären wir weiter . . .	„	1813	32
14	Ritter, treue Schwesterliebe . .	Schiller	1797	59
12	Vor seinem Löwengarten	„	1797	50
4	Was hör' ich draußen .	Goethe	1783	14
17	Was rennt das Volk .	Schiller	1798	84
3	Wer reitet so spät . .	Goethe	1782	11
11	Wer wagt es, R. oder K. . . .	Schiller	1797	41
20	Willst du nicht das Lämmlein . .	„	1804	109
8	Wir singen und sagen	Goethe	1802	28
19	Zu Aachen in seiner	Schiller	1803	103
18	Zu Dionys, dem Tyrannen . .	„	1798	97
15	Zum Kampf der Wagen .	„	1797	63